Ziegengeising

Erzählungen

von Siegfried Weise

Illustrationen: Waltraud Müller

Herstellung und Verlag: BoD-Books on Demand, Norderstedt

ISBN 978-3-7386-3614-7

Gestaltung Umschlag: Müllerwerbung Ltd.

www.muellerwerbung.com

Inhalt

Arm, aber glücklich. An Stelle eines Vorwortes	7
Du bist getauft, kannst schön singen...	13
Ziegengeising	25
Mutproben	35
Der prämierte Holzdiebstahl	52
Die Zirkuspremiere	63
Hund und Katze	66
Lehrer- verehrtes Opfer	74
Drei Beduinen , ein Kamel und ein Fehlgriff	83
Der Prasdnik	91
Die Affäre mit Kathrin	97
Pechvogel des Jahres	108
Warum nicht Gran Canaria?	118

Drama für eine Großmutter, drei Enkel und vier Köche	132
Dies ist ein Notfall	137
Das Festessen	151
Die Befreiung aus dem Paradies	158

Arm, aber glücklich-
an Stelle eines Vorwortes

Im Laufe des Lebens wechseln die meisten Menschen ihren Wohnsitz. Zur Heimat wird nur ein Einziger. Oft ist es der Ort der Kindheit. Mit der Erinnerung an die Schulzeit, die ersten Freunde, Nachbarn, Traditionen zieht schafft dieser Begriff ein Gefühl von Wärme und Geborgenheit . Ganz gleich, ob man im Verlauf seines Lebens an verschiedenen Orten sesshaft wurde, der Begriff Heimat ist fest belegt. Meine Heimat ist die kleine Stadt Geising im Osterzgebirge, der Ort meiner Kindheit und Jugend.

Ich wurde zum denkbar ungünstigen Zeitpunkt geboren. Die vorbestimmte Zeit war am zweiten Februar 1945 zu Ende. Ich musste heraus aus dem schützenden Mutterleib und hinein in die kalte, lebensbedrohliche Welt der letzten Kriegswochen. Noch war die Bergstadt Altenberg verschont von Zerstörungen, das Leid war aber längst in den Familien angekommen. Die Ahnung, Furcht oder Gewissheit einer nahen , unausweichlichen Katastrophe hing wie eine dunkle Gewitterwolke über dem Alltag.

      Ein schwerer Schicksalsschlag hatte unsere Familie bereits getroffen. Der Vater war wenige Tage vor meiner Geburt gestorben, weit entfernt in einem französischen Gefangenenlager, geschwächt von Hunger, Krankheit, Hoffnungslosigkeit. Einen Tag vor seinem Tod schickte er die letzte Feldpostkarte auf den Weg .Die Beförderung solcher Nachrichten hatte keine Priorität gegenüber den verzweifelten Bemühungen um den Endsieg mit Chaos, Tod und Vernichtung. So erreichte uns dieses letzte Lebenszeichen und die amtliche Todesnachricht erst am Ende des folgenden Jahres. Diesem Umstand verdanke ich mein Leben. Mutter hatte mir Jahre später gestanden, dass sie mit dem Wissen vom Tod des geliebten Gatten die ganze Familie ausgelöscht hätte. Ein Schicksal, das am Ende dieses sinnlosen Krieges durchaus nicht selten war. So war die Hoffnung auf eine Rückkehr des Vaters die wichtigste Motivation für das Überleben unserer Familie.

Mutter behauptete, ich sei ein Wunschkind gewesen. Für meine Geschwister mochte das zutreffen. Als die beiden Schwestern geboren wurden, war Vater beamteter Schuldirektor mit einer glänzenden Karriere im sächsischen Landwirtschaftsministerium vor Augen. Mutter, eine schöne junge Frau aus Siebenbürgen, war angekommen in einer neuen Heimat , geachtet, ein bescheidener Wohlstand inklusive Dienstwohnung, Auto, Hund und Dienstmädchen war garantiert.

Als der Krieg begann, wurde Vaters Schule geschlossen und er selbst als Unteroffizier an die Front befohlen. Ein erster Heimaturlaub genügte, und das dritte Kind der Familie Weise machte sich auf den Weg- mein Bruder Walther. Vater war vom raschen Endsieg und der Fortsetzung seiner Karriere fest überzeugt -ein folgenschwerer Irrtum. In logischer Folge wurde er in fünf Kriegsjahren befördert, verwundet, ausgezeichnet und im August 1944 von amerikanischen Truppen in Südfrankreich überraschend gefangen genommen. Drei Monate vorher war er zum letzten Mal zu Hause .Ein freudiges Ereignis für die ganze Familie und der Anlass für meine Existenz. Wollten die Eltern unter diesen Umständen wirklich ein viertes Kind ?

In den fünf Monaten Gefangenschaft wurde Vater krank , gedemütigt, in seinem Stolz gebrochen. Er verstarb schließlich am 30. Januar 1945, vom Hunger geschwächt, an einer Lungenentzündung .

Teile der geschlagenen deutschen Armee wollten sich wenige Wochen danach in Richtung Prag absetzen und ließen viele Waffen in Altenberg zurück. Die nacheilende Rote Armee fand sie, und der nächste Schicksalsschlag folgte. Zusammen mit anderen Familien musste Mutter unser Haus verlassen, mit drei Kindern im Alter von zehn, acht und vier Jahren, einem Leiterwagen mit wenigen Habseligkeiten- obenauf ich plärrender Säugling.

Der 9.Mai markierte für Mutter das Ende des gutbürgerlichen Lebens, die russischen Soldaten feierten ihn als Sieg. Vom Barackenlager am Geisingberg konnten wir an diesem Tag unser brennendes Haus sehen, endgültiges Symbol für die zerbrochene Existenz unserer Familie.

Die Eltern unseres Dienstmädchens, Malermeister Tröger und seine Frau, boten uns Unterschlupf in ihrem kleinen Haus in Geising. Die Hoffnung auf die Rückkehr unseres Vaters aus der Gefangenschaft hielt Mutter am Leben. Helfende Verwandte waren unerreichbar. Sie lebten in der Nähe von Wurzen und im fernen Siebenbürgen. Irgendwie schaffte sie es jeden Tag, karges Essen und Kleidung zu besorgen. Mich kümmerte das wenig.

Mit dem typischen Egoismus des Säuglings forderte ich die tägliche Portion Milch. Mutter verdiente sie sich mit harter Arbeit in der Mühle und Landwirtschaft von Paul Petzold. Reste von Brot aus seiner Bäckerei stillten den schlimmsten Hunger meiner Geschwister. Als dann die Nachricht vom Tod des Vaters eintraf, war schon wieder ausreichend Lebensmut da.

So wurde die kleine , von Zerstörung verschonte Stadt Geising zur Heimat meiner Kindheit und Jugend, die ich trotz Armut und Verzicht als glücklich empfunden habe. Freunde fand ich schnell. Die Wälder zu beiden Seiten des Tales waren unsere Spielplätze, Holzstöcke und Tannenzapfen das Spielzeug . Abenteuer warteten zu jeder Zeit und an vielen Orten auf mich. Die Wälder waren voll von zerstörtem Kriegsgerät und Munition. Die Erwachsenen hatten keine Zeit, uns zu kontrollieren, und so probierten wir auch solches Spielgerät aus, was Kinder im Nachbarort mit ihrem Leben bezahlten.

Die Armut wurde mir erst später bewusst. Ich trug meist geflickte Kleidung, die meine Geschwister abgelegt oder freundliche Menschen gespendet hatten. Neue Hosen kaufte Mutter selten, dann aber immer zwei Nummern zu groß. Die letzte Lederhose, die mir der Schuster Toni Kristof im Alter von 14 Jahren nähte, passt mir noch heute. Auf Spielsachen und Sportgerät musste ich oft verzichten. Solche Defizite habe ich durch Frechheit und Mut ausgeglichen.

Im Kreis der Freunde war ich geachtet, bei Spielen zum Führer gewählt , bei riskanten Abenteuern oft Anstifter.

Ich denke an meine Kindheit, an die Zeit in der Schule und im Kirchenchor, an den Geisinger Schi-und Eisfasching und die Geborgenheit in dieser verträumten Stadt mit Freude und Dankbarkeit zurück. Die kleine Stadt Geising mit ihren lebendigen Traditionen und den Familien Petzold, Schomer und Ehrlich verbinde ich bis heute mit dem Begriff Heimat.

Meine Erlebnisse aus der Geisinger Zeit sind in die folgenden heiteren und besinnlichen Geschichten eingeflossen, ebenso Episoden anderer Lebensabschnitte. Mir ist durchaus bewusst, dass Erinnerungen oft tückisch sind. Realität und Wunschdenken fügen sich manchmal zu einem trügerischen Bild. Wer dieses Buch liest , Zweifel verspürt, oder seine Persönlichkeit verletzt sieht, sollte mich anrufen.

Du bist getauft, du kannst schön singen, morgen ist Chorprobe...

Pfarrer Pätzold ließ die Worte im Raum stehen und eilte mit federnden Schritten davon. Meine Zustimmung war nicht erforderlich .

Ab sofort sollte ich die Sopranstimmen der Kurrende bei der hiesigen Kirchgemeinde unterstützen. Gesangbuch und schwarze Kutte waren dienstliche Grundausstattung. Unsere kindlichen Stimmen erklangen zum sonntäglichen Gottesdienst, zu Hochzeiten, Taufen. Wenn ein Mitglied der Kirchgemeinde die Augen für immer geschlossen hatte, sangen wir auch zu seiner Beerdigung.

Wir waren Kinder und nahmen den Dienst mit heiterem Gleichmut. Unsere Fröhlichkeit wurde durch die ernste Pflicht nicht beschädigt. Bald zog Routine ein, und wir wechselten bei jeder Gelegenheit , wie in einer Programmfolge, von ernsten Gesängen zu unbeschwertem Schwatzen .

Die frommen Lieder, die Bibeltexte und Predigten drangen nicht in unser Denken. Wir versuchten erst gar nicht sie zu verstehen. Was im Programm stand sangen wir und füllten die Pausen mit allerlei geflüstertem Geschwätz und Spielen.

Unser traditioneller Auftrittsort war die Orgelempore, die unseren Gesang in das große Kirchenschiff trug und uns vor den Blicken der Gemeinde und des Pfarrers schützte. Hinter der etwa einen Meter hohen dekorativen Balustrade befand sich eine umlaufende Fußbank, die wir in den Pausen zwischen den Programmpunkten besetzten. Dann hatten wir den unverbauten Blick auf die schöne Orgel mit ihren silber glänzenden Pfeifen und den Rücken der Kantorin. Die schwarzen Knöpfe links und rechts des Manuals, mit denen sie die Stimmlage veränderte, und die unverständlichen Aufschriften in einer alten Schrift darauf faszinierten mich immer.

Ich bin sicher, dass sich der liebe Gott manchmal ein Schmunzeln nicht verkneifen konnte, wenn er uns beobachtete.

Der Dienst der Kurrende wurde vom Pfarrer und der Kantorin organisiert und überwacht. Wie in einem Verein sah eine ungeschriebene Satzung Belobigungen und Bestrafungen vor.

Pfarrer Pätzold, ein hagerer, Respekt einflößender Mann mit schöner, voller Stimme, stand der Gemeinde seit Kriegszeiten vor. Er hatte sich einen nachhaltigen Ruf als Beschützer der Verfolgten und als lebenslustiger Mensch erworben.

Nach hohen Feiertagen besuchte er oft meine Großmutter Anna, die meist mit einem Tropfen an der Nase im Ohrensessel am Ofen saß und die Katze auf ihrem Schoß kraulte. Sie lauschte dann seinen Worten , nickte ab und zu bestätigend mit dem Kopf und las am Folgetag eine Kopie der Predigt .

Wenn der Pfarrer unsere Wohnung verließ und ich in der Nähe war, legte er mir stets kurz die Hand auf den Kopf. Ein beruhigendes, schönes Gefühl mit der wehmütigen Erinnerung an den Vater, den ich nie kennen gelernt hatte..

In der Kirche, bei seinen religiösen Handlungen, verkörperte der Pfarrer den respektablen Kirchenmann. Außerhalb war er normaler Mensch und Bürger mit realistischen Ansichten. Die biblischen Geschichten erzählte er uns im Religionsunterricht glaubhaft und spannend. Joseph , den einfachen Zimmermann, und Maria, die Ehefrau, beschrieb er uns als normale Menschen , nahm ihnen den Heiligenschein und brachte sie uns näher. Die kitzlige Frage, wie Maria ihr Kind von Gott empfangen hatte, ersparten wir ihm. Bevor unsere pubertären Phantasien solche Zusammenhänge erkundeten, verließ der Pfarrer Geising. Mein Verhältnis zum Christentum hat er bis heute geprägt .

Einfallsreich war er auch. Den Mangel wusste er zum Vorteil zu wandeln. Wein war in der Nachkriegszeit Mangelware. Warum sollte er also dieses Luxusgetränk beim Abendmahl als Zeichen für Christi Blut in großen Schlucken verabreichen? Mengenangaben waren ja in der Bibel nicht zu finden. So tauchte er die Hostie in den Kelch mit Wein und legte sie den andachtsvollen Gläubigen auf die ausgestreckte Zunge. Gerüchte über Feiern im Pfarrhaus, bei denen er angeblich den eingesparten Messwein an den hiesigen Drogisten und den Zigarrenhändler ausschenkte, klangen durchaus glaubhaft. Auch die Kunde von der lockeren Erziehung seiner Kinder und seinen internen Familienangelegenheiten wurden von den Klatschmäulern der Stadt genussvoll diskutiert und verbreitet.

Als Mitglied der städtischen Feuerwehr, für einen Kirchenmann ein durchaus ungewöhnliches Amt, half er begeistert Feuer zu löschen, die göttliche Blitze oder sündige Gemeindemitglieder gezündet hatten. Auch bei dieser Tätigkeit handelte er praktisch . Als plötzlich während eines Gottesdienstes die Sirene erschallte, unterbrach er seine sonntägliche Predigt und rief : "Gottes Wort kann ich später predigen, jetzt brennt es". Sprach´s und eilte von der Kanzel zum Spritzenhaus.

Seine mangelnde Distanz zu weltlichen Freuden, Frauen eingeschlossen, passte nicht zum heiligen Amt, befanden seine vorgesetzten Behörden und beriefen ihn ab. Der oberste Dienstherr im Himmel hüllte sich dazu in Schweigen. Die Gemeinde liebte Pfarrer Pätzold trotzdem. Ich erinnere mich gut an seinen letzten Gottesdienst im Herbst 1955, bevor er versetzt wurde. Die Kirche war überfüllt, und die Tränen der Frauen flossen reichlich.

Der Pfarrer unterrichtete uns wöchentlich in der Christenlehre. Der Gemeinderaum im Pfarrhaus war mit einem kleinen Harmonium und harten Holzstühlen für die potentiellen Sünder bestückt. Die Mitte des Raumes dominierte ein imposantes Lesepult . Von dort aus lehrte er mit weiträumigen Gesten , wobei er das Pult vor und zurück bewegte. Er kippelte, behielt jedoch immer die Balance. Wir warteten boshaft darauf, dass er einmal umkippt- vergeblich.

Ein Freund hatte mir eines Tages arglos eine sehr gotteslästerliche Version des vierten Gebotes vorgetragen. Gelegentlich neige ich bis heute zu spontanem Handeln, ohne mein Tun und seine Folgen zu bedenken. So auch damals. Ich meldete mich kühn und trug dem Pfarrer und der versammelten Schulklasse vor. "Du sollst Deinen Vater und Deine Mutter ehren-wenn sie Dich schlagen, sollst Du Dich wehren..." Die folgenden zwei Zeilen verschweige ich schamvoll.

Das Kichern meiner Freunde verstummte genau so schnell, wie der Pfarrer handelte. Er holte von seinem Standort am Stehpult aus . Die linke Hand fixierte mich am Kragen, die rechte explodierte in meinem Gesicht. Meine erste und bisher einzige Ohrfeige .Der traditionelle Strafplatz für die großen Sünder war die Ecke im Gemeindesaal hinter dem Harmonium. Trotz Schmerz und Scham ,die Strafe empfand ich als gerecht . Meine Mutter erfuhr davon nichts, weder vom Pfarrer noch von mir.

Wer über die körperlichen Voraussetzungen verfügte und nicht negativ aufgefallen war, durfte die Glocken läuten. Schüchterne Anträge für dieses verantwortungsvolle und spannende Amt nahm der Pfarrer entgegen. Genehmigte er den Wunsch wohlwollend, kletterte der stolze Junge die Hierarchie der "Glöckner" Stufe für Stufe empor.

Am Anfang stand die bloße Anwesenheit im Glockenstuhl , Herzklopfen kostenlos. Über eine steile Stiege erreichte der "Lehrling" einen engen, dunklen Raum. Der typische Geruch von altem Holz und dem Kot der Fledermäuse drang aus jedem Winkel .Die runden Schalllöcher ließen nur wenig Licht ein. Es war richtig gruselig. Wenn dann die drei schweren Glocken hin und her schwangen, von erfahrenen Chorknaben und dem Küster mit Muskelkraft bewegt, und ihre Klöppel anschlugen, hielten auch die mutigsten Jungen den Atem an. Theoretische Einweisungen folgten. Langsames Einschwingen war wichtig, wobei der Klöppel nicht anschlagen durfte. Erst exakt auf den letzten Schlag der Stundenglocke wurde das Seil durchgezogen, und das dreistimmige Geläut füllte den kleinen Raum mit ohrenbetäubendem Lärm . In rhythmischen Wellen drückte der Schall auf den Körper. Eine Verständigung war unmöglich. Neben dem exakten Start war aber auch das Ende des Geläuts wichtig. Alle drei Glocken mussten gleichzeitig verstummen, was vor Allem bei der Bedienung der großen Glocke schwierig war. Der jeweilige Glöckner hing sich dann mit dem gesamten Körpergewicht an das Seil und fing den Klöppel mit der Hand ab. Ein gefährlicher Akt, für Kinder tabu.

Wie langweilig ist doch heute das Geläut. Ein elektrisch betriebener Mechanismus setzt auf Knopfdruck alle drei Glocken holpernd in Bewegung, und eine der Glocken schlägt am Ende immer nach. Die Chorknaben, falls es sie noch gibt, sind um eine spannende Aufgabe betrogen.

Die Kantorin, eine füllige, gütige und damals unverheiratete Dame traktierte während des Gottesdienstes die Orgel mit Händen und Füßen-eine wahrhaft akrobatische Leistung. Über einen Spiegel hielt sie Blickkontakt mit dem Pfarrer. Während der Predigt lauschte sie mit geschlossenen Augen und gefalteten Händen seinen erbauenden Worten . Unbeobachtet begann für uns der angenehme Teil des Dienstes. Die Fußbank der Orgelempore lud uns zum Ausruhen ein. Anfangs waren wir noch ehrfürchtig still. Schnell kam aber eine geflüsterte Unterhaltung und ein Kichern auf. Anlass für die Kantorin, ab und zu einen zischenden Laut abzugeben. Der Effekt war gering.

Eines Sonntags eskalierte die Situation. Wir spielten während der Predigt das beliebte Kartenspiel 66 und vergaßen unsere Umgebung. Der Lärmpegel stieg langsam aber stetig an. Schließlich wurde es dem Pfarrer zu bunt. Er unterbrach die Predigt und rief laut und drohend von der Kanzel "ist denn bald Ruhe da oben". Spätestens jetzt war die verdiente Strafe fällig- Blasebalg treten.

In dem Raum hinter der Orgel thronte ein hölzerner Kasten von beträchtlichen Ausmaßen, gefüllt mit einem Sack, der das wohl tönende Instrument mit der nötigen Luft versorgen sollte. Vorn ragte ein langes Pedal heraus. Kurz vor dem Gottesdienst mussten die Delinquenten den Luftraum des Blasebalgs durch mehrfaches Treten füllen, damit die Orgel mit jubelnden Tönen aus allen Pfeifen die Feier eröffnen konnte. Wir versahen diesen ungeliebten Dienst jeweils zu zweit. Einer allein brachte weder die Kraft noch die Ausdauer auf, das Pedal zu traktieren . Wenn die Orgel Luft zog, um den Pfeifen einen Ton abzuringen , musste nachgepumpt werden, eine schwere und unangenehme Aufgabe. Echte Lausbuben wie wir erfanden aber auch bei einer solchen Beschäftigung einen Streich. Ältere Kurrendesänger hatten uns einen Trick verraten. Wenn wir die Luftreserve des Blasebalgs langsam auf ein Minimum reduzierten , um dann im richtigen Moment das Pedal bis zum Grund durchzutreten, quittierte die Orgel diese Misshandlung mit einem jaulenden Unterton, der so gar nicht zur feierlichen Stimmung passte. Die Kantorin war jedes Mal verärgert. Natürlich wurden wir nie erwischt, und eine Strafe für eine Strafe war sowieso nicht zulässig

Fräulein Lucie, wie wir sie nannten, lebte im Haushalt ihrer Eltern direkt über unserer Wohnung und erteilte dort auch Musikunterricht. Einer ihrer erwachsenen Schüler war der Besitzer des örtlichen Geschäftes für Milch-Butter-Käse. In seiner Freizeit war er begeisterter Chorsänger, was ihm den Spitznamen Buttertenor einbrachte. Die Gesangsstunden bei Fräulein Lucie gerieten für mich und meine Geschwister zum wöchentlichen Satiregipfel. Wenn wir den ehrwürdigen Herren auf dem Weg zum Unterricht bemerkten, versammelten wir uns auf der Ofenbank und waren sehr still. So konnten wir die Lehrstunde aufmerksam verfolgen und uns amüsieren, wenn der Schüler einen Ton nicht traf und Fräulein Lucie ärgerlich auf das Klavier hämmerte, obwohl dieses unschuldig war. Ab und zu wurde ich dann am nächsten Tag zum Milcheinkauf delegiert. Als arme Leute konnten wir uns nur die Magermilch leisten. Wenn ich dann aber Herrn Schubert halblaut sagte: " schön haben Sie gestern gesungen" , dann vergewisserte er sich , dass seine strenge Frau außer Sichtweite war und füllte mir Vollmilch in die Kanne, natürlich zum Preis der Magermilch. Ein ehrliches Geschäft. Er freute sich über das Lob und ich mich über die gute Milch.

      Beerdigungen waren bei den Chorsängern nicht beliebt. Oft wurden die Verstorbenen zu Hause im offenen Sarg aufgebahrt. Die leblosen, blassen Körper , eingezwängt im engen Holzsarg und die Klagelaute der trauernden Angehörigen jagten uns stets einen Schauer über den Rücken. Zu den Traditionen des Geisinger Kirchspiels gehörte es bis vor wenigen Jahren, den, allerdings geschlossenen, Sarg während der Trauerfeier in der Kirche vor dem Altar aufzustellen. Ein Kurrendesänger wurde vorher bestimmt, seitlich neben dem Sarg zu stehen und das Kruzifix für die Dauer der Predigt über den Verstorbenen zu halten- eine Art Geleitschutz für die Seele auf dem Weg in den Himmel. Für den Notfall war ein Ersatzsänger eingeteilt.

An einem heißen Augusttag mahnte mich das ferne Geläut der Glocken an eine Beerdigung, die ich natürlich vergessen hatte. Der Klang erreichte mich auf einer Wiese am Hüttenteich bei der Heuernte. Völlig verschwitzt und außer Atem kam ich am Pfarrhaus an, streifte die schwarze Kutte über und studierte eine traurige Miene ein. Zu allem Unglück hatte ich "Kruzifixdienst" und musste den Platz am Sarg einnehmen. Mein Kreislauf hatte zu dieser Zeit das rasche Wachstum nicht verkraftet. Die sonore Stimme des Pfarrers ging plötzlich unter in lustiger Tanzmusik, die allerdings nur in meiner Phantasie erklang. Ich war ohnmächtig geworden und umgefallen-zum Glück nach hinten. Mein Dickschädel schlug mit einem dumpfen Knall auf die Sandsteinplatten am Altar auf. Bauer Stübner, der in der Kirchenbank eingeschlafen war, träumte , man hätte den Pfarrer erschossen.. Das Chaos war perfekt. Sarg, Kruzifix und die Altarstufen hatten keinen

Schaden genommen. Ich musste allerdings zwei Wochen Bettruhe wegen Gehirnerschütterung überstehen. Ich empfand es als Sammelstrafe für alle meine zahlreichen Sünden. Die für den Notfall eingeteilte Sängerin hatte den Vorfall verschlafen, was sie mir kürzlich bei einem Klassentreffen gestand.

Die Kurrendesänger nach mir profitierten von diesem Unfall. Der Kirchenvorstand brachte an der ersten Bank eine Halterung für das Kruzifix an. Kein Kind muss seitdem stehend den Heimgang eines Verstorbenen begleiten.

Stimmbruch, die Konfirmation und natürlich die zunehmende sittliche Reife beendeten diesen wichtigen Lebensabschnitt im Kirchenchor.

Die Chorknaben, falls es sie überhaupt noch gibt, haben heute keine Chance mehr, solche Streiche in der Kirche zu begehen. Das Glockengeläut wird elektrisch betrieben, der Blasebalg wurde durch ein Gebläse ersetzt.

Meinen Urenkeln habe ich kürzlich die alten Glocken der Geisinger Kirche gezeigt und ihnen vom Glockenläuten erzählt, was mir Ehrfurcht einbrachte. Vielleicht zeige ich Ihnen auch noch den alten Blasebalg, die Orgel und den Platz , auf dem wir Chorknaben saßen. Meine bösen Streiche werde ich verschweigen.

Ziegengeising

Die kleine Stadt Geising liegt im Tal zweier Bäche, eingebettet zwischen sanften, stellenweise auch steilen Berghängen. Die Reihe der Häuser folgt dem Lauf des Baches, der bis zum Ende des 19. Jahrhunderts die Städte Alt- und Neugeising und die Besitztümer der Grafen von Bärenstein und Lauenstein trennte. Dichte Fichtenwälder links und rechts der Stadt wechseln mit kahlen Wiesen, gesäumt von den typischen Steinrücken. Wer sich der Stadt auf der Straße von Altenberg nähert, versteht den spöttischen Spruch: " das Schönste an Altenberg ist der Blick auf Geising".

Landwirtschaft ist unter diesen Bedingungen mühselig. Karge, steinige Böden und das raue Gebirgsklima lassen nur geringe Erträge zu . Oft beendet der Wintereinbruch die Ernten viel zu früh, und der erste Schnee fegt über die Felder und Äcker, bevor Kartoffeln und Getreide eingefahren sind. Die langen Transportwege treiben die Kosten für die wenigen Bauern in die Höhe. Reichtum kommt unter diesen Bedingungen nicht auf.

Nur drei Bauern, die wegen ihrer mehrstöckigen Wirtschaftsgebäude Großbauern genannt wurden, rangen in meiner Kindheit den Hängen am Erdbachtal oder dem großen Westhang, den wir die Wache nannten und auf dem wir im Winter rasante Skiabfahrten genossen, einigermaßen gute Ernten ab. Nur diese drei Bauern besaßen Pferde.

Die Kleinbauern lebten in der Stadt unter dem Dach ihrer armseligen Häuser, Stall und Wohnräume nebeneinander. Ein Misthaufen neben dem Haus, an dem die Enten knabberten, rundete das Bild der kargen Wirtschaft ab. Die kargen Erträge der schmalen Felder, die wie ein Handtuch den Hang hinauf krochen, besserten sie mit einem schmalen Zuverdienst durch Dienstleistungen auf . Pferde besaßen sie nicht, und so spannten sie Kühe in das hölzerne Joch vor dem klapprigen Leiterwagen und fuhren Asche oder Jauche aus den Häusern ab. Im Winter zogen sie hölzerne Schneepflüge durch die Straßen. Manchmal gelang es uns Kindern, den Schlitten anzuhängen und mitzufahren.

Ein lohnendes Geschäft für die Kleinbauern waren die Polterabende vor den Hochzeiten, die mit großem Aufwand gefeiert wurden. Freunde des Brautpaares, Nachbarn oder Geisinger, die alte Teller oder Schüsseln entsorgen wollten, häuften unter Jubel der gaffenden Menge Scherben und alten Hausrat vor der Haustür des Brautpaares auf. Der Brauch forderte, die fröhlichen Menschen vor dem Haus durch einen Schnaps zu besänftigen . Auf die Menge der aufgehäuften Scherben hatte diese Geste keinen Einfluss. Am frühen Morgen nach dem ausgelassenen Treiben trafen dann die Gespanne der Kleinbauern ein, um die Schuttberge weg zu fahren. Oft mussten sie diesen Weg zwei Mal machen, denn boshafte junge Männer lenkten die beladenen Wagen am Ende der Straße um und luden den Schutt unter Jubel wieder ab.

Der traurige Anblick der vor sich hin trottenden gedemütigten Kühe, denen meistens ein langer Speichelfaden aus dem Maul hing, gehörte zum gewohnten Alltag auf den Straßen der Stadt. Ob die bedauernswerten Tiere neben dieser schweren Arbeit noch Milch geben, Kälber gebären oder Fleisch liefern konnten?

Wenn es zu meiner Zeit bereits statistische Erhebungen über landwirtschaftlich genutzte Tiere oder Kennziffern, z.B. Nutztier pro Einwohner, gegeben hätte, ein anderes Tier wäre auf der Spitzenposition gelandet- die Ziege. Nicht irgendeine, sondern unsere typische braune Bergziege mit dem langen schwarzen Streifen auf dem Rücken und dem neckischen Kinnbart. Dieses Haustier stand Pate für Geisings Spitznamen: Ziegengeising. Wer ihn wann erfunden hat ist nicht überliefert. Die Altenberger, unsere ewigen Widersacher und Neider, benutzten ihn gern als Schimpfwort . Die Geisinger nahmen es mit Humor und schufen die Faschingshymne "Ziegengeising, meck, meck, meck...". Jeder Einwohner kennt Text und Melodie , keine heitere Veranstaltung geht ohne dieses Lied zu Ende. Sogar ein Seitenhieb auf den ungeliebten Nachbarort in Strophe zwei wird dann mit Inbrunst gesungen. Warum der Spitzname und die Hymne nicht für die Touristikwerbung genutzt werden, bleibt ein Rätsel.

    Ziegen gehörten bis in die 90er Jahre des vergangenen Jahrhunderts zum Bild der Stadt. Schafe entwickelten sich allerdings während der DDR-Zeit zur Konkurrenz. Wolle und das Fleisch ließen sich mit Gewinn bei den staatlichen Aufkaufstellen gut vermarkten. Nach der Wende teilten die Schafe allerdings das Schicksal der Ziegen, beide Gattungen wurden dem bequemen Wohlstand geopfert.

    Futter fanden die genügsamen Ziegen an den Wegrändern . Eine Kette am Hals begrenzte ihren Aktionskreis, und erst, wenn die Fläche abgefressen war, wurde das wertvolle Haustier umgepflöckt. Man nannte die Ziegen " Kuh des Bergmannes". In Geising war der Bergbau bereits vor langer Zeit zum Erliegen gekommen. Viele Bergleute aus dem Altenberger Revier lebten aber in Geising und besserten mit einer kleinen Landwirtschaft und Haustieren das Nahrungsangebot für ihre Familien auf. In der Nähe ihrer kleinen, geduckten Siedlungshäuser wuchsen Gemüse und Kartoffeln auf Flächen, die eher wie große Beete aussahen. Alteingesessene Geisinger Bürger besaßen allerdings Felder an den Hängen der Stadt. Der Stadtrat hatte vor Jahrhunderten nach einer Hungersnot städtische Flächen aufgeteilt und den Bürgern überlassen, eine Art Bodenreform.

Die Ziegen lieferten ihren Besitzern Milch und Käse und manchmal etwas Fleisch . Wenn eines dieser genügsamen Tiere, die oft sogar im Keller lebten und zur Familie gehörten, starb, diente das Fell noch Jahre als Bettvorleger. Zum Dank für die Lebensleistung trampelten die Besitzer auf ihnen herum.

Ziegenmilch schmeckte scheußlich, war aber angeblich gute Medizin für schwächliche Kinder. Ich musste sie ab und zu unter Protest schlucken. Aber Lebertran schmeckte auch nicht besser.

Einmal im Jahr schenkte die Ziege ihren Besitzern Nachwuchs. Wir beobachteten gern im Hof unseres Nachbarn die kleinen Zicklein, wenn sie ihre Lebensfreude mit lustigen hohen Sprüngen zeigten. Meistens waren die possierlichen Tiere aber nach kurzer Zeit verschwunden. Sie landeten als eine Art Osterlamm auf dem Speiseplan. Wie sie geschmeckt haben, weiß ich nicht. Wir waren zu arm für eine eigene Ziege. Selbst wenn wir Geld gehabt hätten, beim Fleischer war Zicklein nie im Angebot.

Alte Ziegen wurden auch geschlachtet. Geschmeckt haben sie nicht, aber das braune Fell wurde genutzt, um die Füße zu wärmen.

Ziegenböcke sahen wir selten. Sie blickten die Wanderer misstrauisch und böse mit ihren wasserhellen Augen an. Ihre Angriffslust war uns bekannt, und die langen Hörner flößten uns Respekt ein, reizten aber auch zu Mutproben. Wer den Bock blitzschnell an den Hörnern packen, mit ihm ringen und dann auch noch unverletzt die Flucht schaffen konnte , war stolz.

Ziegenböcke lieferten weder Milch noch Zicklein. Wozu also solch einen unnützen Fresser ernähren? Und doch waren sie da. Größere Jungen weihten uns in das Geheimnis ein. Gebraucht wurden die Ziegenböcke einmal im Jahr, denn ohne Ziegenbock keine Zicklein, informierten uns herablassend die älteren Jungen. Weil aber ein Ziegenbock nicht nur eine Ziege glücklich machen konnte, war Spezialisierung gefragt. So vermietete in jedem Dorf ein Bauer den Ziegenbock an die Besitzer paarungsbereiter Ziegen zum Zwecke der Fortpflanzung.

In Geising wurde dieses Geschäft in einem Haus an der Langen Straße betrieben. Inhaber war eine ältere und sehr unscheinbare Frau. Sie hieß mit Vornamen Emma .Im Erzgebirge verknüpft man oft Namen mit den Berufen. Es gab in Geising einen Ehrlich Maler, Kadner Schlosser und so eben auch eine "Bockemma". Ihr Haus war ein typisches erzgebirgisches Bauwerk aus Bruchsteinen, die von den umliegenden Feldern stammten. Grau ,mit kleinen Fenstern, Wohnräume und Stall unter einem Dach. Der Ziegenbock war Untermieter und Geschäftspartner zugleich. Die Bockemma teilte mit ihm das Haus und das Geschäft, vermutlich auch das Wohnzimmer, leider aber auch seinen durchdringenden Geruch. Mit diesem sehr strengen Duft zeigte der Bock den Ziegen im weiten Umkreis seine männlichen Fähigkeiten an und warb für etwas Sex. Wenn Männer vor dem Liebesspiel so riechen würden, die Menschheit wäre längst ausgestorben. Die Ziegen wurden davon angelockt, wenn sie in Stimmung waren.

Der Ziegenbock war immer potent und tat

seine Pflicht, wenn die Ziege ihn gewähren ließ. Sie zeigte die Bereitschaft durch typische Verfärbungen und ein aufgeregtes Verhalten an. Junge Mädchen zeigen ähnliche Muster.

Wenn das Haustier "bockte", dem Besitzer also die Bereitschaft für den Besuch in der Langen Straße anzeigte, sahen wir am Folgetag einen Mann oder einen halbwüchsigen Jungen mit einer Ziege an der Kette auf dem Weg zur Bockemma.

Nach erfolgreicher Vereinigung von Ziege und Bock kassierte Emma Hentschel, wie sie mit bürgerlichem Namen hieß, eine Provision.

Die Bockemma , ihr Haus und Abschnitte der Langen Straße rochen immer streng nach Ziegenbock. Das war aber durchaus praktisch, denn eine Adresse mit Hausnummer benötigte sie nicht. Wer sie besuchen wollte, ging einfach der Nase nach. Ansonsten hielt man respektvollen Abstand.

Wenn im Märchen eine Hexe erwähnt wurde, nahm sie in meiner Phantasie oft die Gestalt der Bockemma an. Wir Kinder verspotteten sie manchmal, allerdings aus sicherer Entfernung.

Eines Sonntags besuchte Emma Hentschel den Gottesdienst. Aus Rücksicht oder aus Gewohnheit wählte sie einen einsamen Platz auf der ersten Empore. Die Orgelempore, schräg darüber, war der angestammte Auftrittsort für die kleinen Sänger der

Kurrende. Ich war an diesem Tag mitten drin und wie immer süchtig nach allerlei Schabernack . Einer meiner Freunde muss die Bockemma gesehen oder auch gerochen haben, in Windeseile waren alle Jungs informiert. Unter Kichern ertönte ein erstes leises "Määäh" . Das war mir echt zu wenig. Blick nach links hinten: die Kantorin saß mit geschlossenen Augen auf der Orgelbank und lauschte den erbauenden Worten des Pfarrers. Blick nach vorn: Pfarrer Neumann stand mit dem Rücken zur Gemeinde am Altar. Die Luft für mein schändliches Vorhaben war rein. Vorsichtig deutete ich mit zwei Zeigefingern Hörner an, schob den Kopf über die Brüstung und schickte ein lautloses "mäh" in Richtung der armen Frau . Es funktionierte , doch nach dem dritten Mal wurde es langweilig. Die Bockemma hatte mir einen sehr bösen Blick gesandt. Für Angst oder Reue hatte ich jedoch keine Zeit, die Kantorin stimmte das nächste Lied an.

    Den schlimmen Streich hatte ich rasch vergessen. Nach dem Gottesdienst trödelten wir wie immer herum und verlängerten so den Heimweg. Der knurrende Magen mahnte mich bald an das sonntägliche Mittagessen. Langsames Laufen beherrschte ich nicht. Also mit Schwung die Treppe hinauf, immer zwei Stufen mit einem Schritt und die Küchentür aufgerissen. Der Schock saß tief.

Am Küchentisch saß Emma Hentschel und führte zischelnd und spuckend bei meiner Mutter Beschwerde über den missratenen Sohn. Vor Schreck und Scham habe ich kein Wort hervor gebracht. Im Gesicht der alten Frau sah ich plötzlich eine tiefe Traurigkeit, vielleicht sogar eine Träne.

Für meine Mutter waren die eigenen Kinder immer unantastbar. Kritik oder gar Strafe stand nur ihr zu, keinem Fremden. Mit strengem Blick verwies sie mich sprachlosen Sünder aus der Küche, besänftigte die aufgeregte Frau und ließ mir im Wohnzimmer Zeit zum Nachdenken.

Später habe ich gelernt, dass jeder Mensch eine Würde hat, die unantastbar ist. Gefühlt habe ich das schon damals. Ich habe Emma Hentschel nie wieder verspottet .

Mutproben

"Du traust Dich ja doch nicht". Wenn Jungen zusammen sind, in dem Alter, wo sie ihre Kräfte messen, gehört dieser Satz zum Standard. Meist mit höhnischem Unterton versetzt, ist das keine Feststellung sondern eine bewusste Provokation. Wer ausweicht, hat Ansehen eingebüßt und ist in der Hierarchie der Gruppe von "mutiger Anführer" zu " Feigling oder Weichei" abgerutscht. Wer die oft gefährliche Aufgabe löst oder mindestens den glaubhaften Versuch wagt, steigt auf. Es ist ein Kräftemessen mit Gleichaltrigen oder Geschwistern. Jungen üben so spielerisch das Ringen um Führung und Macht. Darin sind sie erfinderisch, die Grenzen zwischen Sinnvollem und Gefahr sind fließend. Die Formen sind vielfältig und entspringen der reichen kindlichen Phantasie :

Sportliche Spiele , die festgeschriebenen Regeln folgen und einen oder mehrere Sieger finden, spontane Kraft- und Geschicklichkeitsproben und leider auch unsinnige und gefährliche Mutproben.

Wenn ich mit meinen Freunden in der Schule oder in der Freizeit beisammen war, befanden wir uns immer im Wettbewerb, bewusst oder unbewusst .

Die organisierten Spiele im Sportunterricht waren natürlich beliebt, galten aber als zu brav und waren keine Mutproben. Das außerschulische Training mit " Atze" Legler, einem eher unkonventionellen Sportlehrer, war da attraktiver. Er übte mit uns im Sommer neben Leichtathletik auch Turmspringen im Bad oder Saltos am steilen Abhang unter dem Aschergraben. Meinen ersten Kopfsprung vom Dreimeterbrett am Hüttenteich brachte er mir ebenso schnell wie unpädagogisch bei. Er hielt ohne Warnung meine Füße fest und gab mir einen kräftigen Stoß zwischen die Schulterblätter . Das zweite Mal wagte ich den Sprung dann allein.

Später lockte er uns auch auf die Schanzen der Umgebung: die Gründelschanze in Geising, die kleine Raupennestschanze in Altenberg und die Schanze im Riesengrund bei Hirschsprung. Wir besaßen für diesen gefährlichen Sport nur unsere normalen Abfahrtschi mit Seilzugbindungen. So war die Fahrt vom Schanzenturm und der Sprung in die Ungewissheit immer wieder eine echte Mutprobe. "Man traute sich" und erzählte fast beiläufig von diesem kribbelnden Erlebnis. Meine größte Weite, die ich mit zweifelhaften Haltungsnoten gestanden habe, waren 10 Meter, bevor ein Sturz mit Knieverletzung die Karriere als Schispringer beendete.

Die Mutproben, von denen ich hier berichten will, waren oft Ergebnis von Auseinandersetzungen unter Freunden oder trotzige Reaktionen. Die typische Aufforderung lautete: " Traust Du Dich..?" oder provozierend:" Du traust Dich ja doch nicht.."

Nach dem Ende des Krieges lockten Waffen, Munition und alte Militärfahrzeuge zum verbotenen Spiel. Als wir zu Beginn der 50er Jahre in die Wälder der Umgebung ausschwärmten, waren allerdings zerschossene Panzer, umgekippte Geschütze und ausgeschlachtete Lastwagen längst weggeräumt. Wir fanden aber noch gelegentlich Munition. Schnell wurde ein Feuer angezündet und ein mutiger Junge warf die gefundenen Patronen hinein. Wir wussten, dass unser Spiel gefährlich war, fanden es aber lustig, wenn nach kleinen Explosionen Metallteile an uns vorbei pfiffen. Kinder in Bärenstein verunglückten bei ähnlichen Spielen zu dieser Zeit tödlich, was uns aber wenig berührte.

Viele Jahre später, wir waren bereits 12 oder 13 Jahre alt ,hätte auch für uns das Spiel mit gefundenen Granaten schlimm ausgehen können. Wir experimentierten furchtlos mit einem geheimnisvollen Material. Zwei Brüder hatten diese Granate gefunden und unbekümmert aufgesägt. Im Inneren fanden sie eine Auskleidung ähnlich Keramik. Die wurde kurzerhand heraus gebrochen und auf einer Küchenreibe zu Pulver verarbeitet. In Papier verpackt und mit einem Streichholz gezündet, brannte das Pulver mit gleißend heller Flamme. Schnell hatten wir daraus Fackeln gebastelt, die sogar unter Wasser nicht verlöschten. Verletzt wurde dabei zum Glück niemand.

Nachdem dieses Material aufgebraucht war, entdeckten wir eine Mischung aus Schwefel und einem Unkrautvertilgungsmittel als eine Art Sprengstoff für unsere Experimente. Unter dem Namen "Unkraut Ex" konnten wir es problemlos in der örtlichen Drogerie kaufen .

Beliebt ,aber ungefährlich war die Knallerei

mit einem Schlüssel und Streichholzkuppen. Der Hohlraum am unteren Ende des Schlüssels wurde mit abgeschabten Streichholzkuppen gefüllt. Das Gegenstück war ein Nagel, der über ein kurzes Stück Bindfaden mit dem Schlüssel verbunden war. Wenn der Nagel in das Depot aus Streichholzkuppen gesteckt und der Schlüssel dann gegen eine Hauswand geschlagen wurde, gab es einen heftigen Knall. Manchmal platzte allerdings auch der Schlüssel, und wir mussten zu Hause den Schaden beichten.

Dunkle, geheimnisvolle Räume, deren Verlauf nicht bekannt war und die uns im Inneren mit ungewohnten Gerüchen und Lauten erschreckten, verlockten zu den echten Mutproben. Beliebt war das große Abflussrohr vom Hüttenteich. Auf einer Länge von ca. 15 Metern mussten die Probanden in tief gebückter Haltung im Dunkel schräg abwärts laufen, bis das Rohr endlich in den Hüttenbach mündete. Die Anstifter für solche Mutproben verschärften dann gern die Situation. Der Hüttenteich ist oberhalb des Abflussrohres mit ca. ein Meter langen Kanthölzern aufgestaut. Die größeren Jungen hatten genug Kraft, um die oberen drei oder vier Kanthölzer anzuheben. Dann ergoss sich ein Wasserschwall in das Abflussrohr. Befand sich ein Kandidat für eine Mutprobe im Rohr, wurde er vom Wasser überrascht, das sich mit bedrohlich anschwellendem Rauschen ankündigte, und ihn dann mehr oder weniger sanft aus dem Rohr spülte. Eine echte Gefahr bestand dabei nie.

Der Eisenbahntunnel vor dem Geisinger Bahnhof zog uns immer wieder magisch an. Als in den 30er Jahren die Kleinbahn im Müglitztal auf Normalspur umgestellt wurde, entstanden solche Tunnel in Weesenstein, Glashütte und Geising. Der Geisinger Tunnel war eine Besonderheit. Zwischen Hartmannmühle und dem sogenannten " Neufang", einem Hang unter dem Geisingberg, vollzieht die Eisenbahnlinie eine 180 Grad Kurve. Der erforderliche große Kurvenradius war nur durch den Bau eines Tunnels und eines anschließenden Viadukts, der zwei Geisinger Straßen und den Geisingbach überspannt, realisierbar. Im Gegensatz zu anderen Tunneln konnte man nicht hindurch blicken. Wer diese dunkle Röhre zu Fuß passieren wollte, lief einige Meter in vollkommener Dunkelheit, bevor blasses Licht den Ausgang anzeigte.

Die Züge wurden damals noch von Dampflokomotiven gezogen, schwarze, lärmende, nach Kohlengasen stinkende und Dampf speiende Ungeheuer. Sie fuhren mit geringer Geschwindigkeit und umso größerem Getöse in einer dichten Wolke aus Dampf und Rauchgasen durch diesen

Tunnel. Ein echter Horror für uns Kinder und damit Nummer eins auf der Liste der Mutproben.

Das Laufen durch den Tunnel war die niedrigste Stufe der Mutproben, obwohl mir dieser Gang immer wieder einen Schauder über den Rücken jagte und ich stolz und erleichtert war, wenn ich den Ausgang erreicht hatte .Stufe zwei war der Aufenthalt in einer der Nischen im Tunnel, wenn ein Zug vorbei fuhr. Qualm, Dampf und Gestank und den vom Tunnel verstärkten und veränderten Lärm der Lokomotive und der quietschenden Räder hielt nicht Jeder aus. Die Krönung allerdings war die Fahrt als blinder Passagier durch den Tunnel. Am letzten Wagen des Zuges befand sich meist ein Trittbrett oder eine Plattform. Bei laufender Fahrt enterte der mutige Junge den letzten Wagen, was viel Geschick und natürlich Mut erforderte. Es war nötig, im Tunnel die Luft anzuhalten , bis freies Atmen wieder möglich war. Bis zu Stufe zwei habe ich es mühelos geschafft. Stufe drei war mir denn doch zu gefährlich und unvernünftig.

Der Winter bot mit Schnee und Eis viele Möglichkeiten für Mutproben. Wettbewerbe im "Tschintschern" fanden fast täglich statt. Lederschuhe oder Stiefel waren für die meisten Eltern nach dem Krieg unerschwinglich. Als Ersatz trugen wir Schuhe oder Stiefel aus Igelitt, einem gummiähnlichen Kunststoff. Ein durchdringend riechender Schweißfuß war garantiert, wurde aber aufgewogen durch wunderbare Rutschpartien, die dieses extra glatte Ersatzmaterial ermöglichte. Wettbewerbe in Distanz und Zeit wurden ausgetragen . Die lange Distanz über die gesamte steile Poststraße , Königsklasse im Wettbewerb, geriet aber oft zur echten Mutprobe. Richtungsänderungen und Bremsen waren schwierig, Stürze mit Verletzungen kalkuliert. Zusammenstöße mit Autos waren zu dieser Zeit unwahrscheinlich.

Gelegenheit für echte Mutproben lieferte der Wintersport. Ich besaß nur ein Paar primitive Schi. Die Bindung bestand aus Riemen mit einem Karabinerverschluss, erst später war ich stolz auf eine Seilzugbindung. Es dauerte eine lange Zeit, bis ich damit ordentliche Kurven fahren konnte. Die gerade Schussfahrt mit hoher Geschwindigkeit. galt aber als Königsdisziplin, die ich schon sehr frühzeitig beherrschte.

Beliebt war die Fahrt im Gründel, einem schmalen, tiefen Taleinschnitt in der Mitte der Stadt. Von den kurzen , sehr steilen Hängen durch die Talsohle und am gegenseitigen Hang wieder hinauf zu fahren erforderte Mut und große Geschicklichkeit. Die verschiedenen Strecken hatten Namen, eine davon nannten wir die Todesbahn. Wer den kurzen, aber steilen Abhang und die Wende am Gegenhang ohne Sturz geschafft hatte und rechtzeitig vor dem Eisstadion zum Stehen kam, gehörte zu den anerkannten "Profis".

Das größte Vergnügen war aber die Schussfahrt mit möglichst hoher Geschwindigkeit von der Wache, dem langen Westhang, hinunter zum Gründel. In unserer Kindheit gab es natürlich noch keinen Lift .Der Aufstieg war mühselig.In den ersten Stunden nach Unterrichtsschluss stiegen wir immer wieder ein kleines Stück am Hang hinauf und übten die kurze Abfahrt .Gegen Abend kam dann der Höhepunkt. Nach schweißtreibendem Aufstieg bis zum Ferienheim der Zigarettenfabrik Jasmatzi folgte die gemeinsame lange Schussfahrt in das Tal. Besonders beliebt waren solche Fahrten in der Dämmerung oder am Abend, wenn nur die Lichter des Gründelstadions Orientierung gaben und wir in das Ungewisse fuhren.

Erst kurz vor dem Ziel zu bremsen war die beliebteste Mutprobe . Dieses Ziel war ein Holzgeländer, das die Zuschauertribünen des Gründelstadions begrenzte. Für einen meiner Freunde endete diese Mutprobe tragisch. Er fuhr mit hoher Geschwindigkeit sehr nahe an das Geländer heran, setzte einen Stemmbogen an, rutschte aber auf der eisigen Fläche weg , durchschlug das Geländer und stürzte über die Tribüne des Eisstadions hinunter. Mit schweren inneren Verletzungen wurde er in das Krankenhaus gebracht und musste operiert werden.

Mein Ehrgeiz, die Freude am Lernen und mein Tatendrang verschafften mir oft Anerkennung, aber auch viel Ärger. Ich gehörte im Unterricht in allen Fächern zu den Klassenbesten und fühlte mich dazu berufen, auch bei den typischen Streichen an der Spitze zu stehen. Leider gehörte ich nie zu den größten und stärksten Jungen. Raufereien ging ich immer aus dem Weg. Wurde ich doch einmal in eine solche, für Jungen übliche Auseinandersetzung ,verwickelt, fand ich mich meistens auf der Verliererseite. Aggressivität war mir einfach zuwider.

Spiel und Sport hatte ich gern , gehörte aber auch hier nicht zu den besonders geschickten, siegesgewohnten Schülern. Wenn vor einem Spiel Mannschaften zusammen gestellt wurden, war ich nie erste Wahl. Solche Auswahlverfahren empfand ich denn auch als demütigend.

Ich konnte bei meinen Freunden auch nicht mit spektakulärem Spielzeug, z. B. den damals sehr beliebten Wasserpistolen oder mit Kaugummis punkten. Wenn meine Schulfreunde auf die Eisbahn gingen, war für mich an der Bande des Stadions Schluss, denn ich besaß weder Schlittschuhe noch Eishockeyschläger. Erst später lieh mir der Nachbar ab und zu Schlittschuhe. Sie wurden an Sohle und Absätze angeschraubt und galten als zuverlässige "Absatzreißer". Meine Mutter setzte nach zwei kaputten Schuhen dem Vergnügen auf der Eisbahn ein Ende.

Wegen meiner abgetragenen, geflickten und manchmal viel zu großen Kleidung, die ich trug, wurde ich oft verspottet. Anerkennung konnte ich mir nur durch schulische Leistung, Hilfe für etwas lernschwächere Schüler und gewagte Streiche verschaffen. Denn immer, wenn es etwas auszuhecken und zu organisieren gab, war ich als Anführer zur Stelle. Das richtige Maß für meine Aktionen habe ich oft nicht gefunden und spontan gehandelt. Die Lehrer hatten leider dafür selten Verständnis. Für mich entwickelten sich solche Streiche oft zu echten Mutproben.

Als Stalin 1953 starb, mahnte uns die städtische Sirene zur kollektiven Trauer, und wir mussten schweigend des großen Führers gedenken. Mir fiel spontan ein Vers ein, den ich einen Tag später meinen Freunden auch unbekümmert vortrug: " Hände falten, Köpfchen senken, immer an Väterchen Stalin denken". Vielleicht hatte ich dieses kleine Gedicht von Erwachsenen aufgeschnappt, konnte es aber nicht für mich behalten. Das brachte mir eine Vorladung in das Zimmer des Direktors und eine Strafpredigt ein.

    Dieser Mann, den Titel Pädagoge hatte er nicht verdient, suchte hinter allen Äußerungen und Handlungen der Schüler einen politischen Hintergrund. Ich war mehrmals Opfer seines Misstrauens, was mich sehr verletzt hat. In einem Paket unserer Verwandten aus Amerika steckte einmal eine harmlose Spielzeugpistole. Ich konnte damit kleine Pfropfen verschießen , die ich vorher aus einer Kartoffel ausgestochen hatte. Schaden konnte ich damit nicht anrichten. Ich weiß nicht, wer mich damals denunziert hatte, wurde aber wieder zum Direktor befohlen und musste ein Verhör wegen unerlaubten Waffenbesitzes über mich ergehen lassen. Ein weiteres Ereignis nutzte dieser Mann, um mir vor allen Schülern Hetze vorzuwerfen und eine Parallele zu den konterrevolutionären

Ereignissen in Ungarn zu ziehen. Mein Vergehen bestand in der heimlichen Organisation eines nächtlichen Überfalls auf das Mädchenzimmer im Ferienlager, ein Streich, den wohl jeder Junge einmal geprobt hat. Solche "Mutproben" brachten mir Ärger ein.

Harmloser ging die Aktion "Wandtafel" aus, an der ich ausnahmsweise nur mitgewirkt hatte. Irgend Jemand hatte festgestellt, dass das Schiwachs Paraffin, mit unsichtbaren Strichen auf die Schultafel aufgetragen, den Lehrer ärgern konnte. Die Kreide, mit der er die Hausaufgabe anschreiben wollte, haftete plötzlich nicht mehr. Der Jubel in der Klasse war entsprechend groß. Wer die Idee hatte, weiß ich nicht, an der Ausführung der Tat war ich beteiligt. Dass der Hausmeister unsere Missetat mit einem Lösungsmittel unter Schutzmaske entfernen musste, hat uns nicht sonderlich belastet.

Wenn Lichtbilder oder gar Filme im Unterricht gezeigt wurden, mussten die Fenster verdunkelt werden. Dafür lehnten lange Pappen in der Ecke des Klassenzimmers an der Wand. Jeweils drei setzte der "diensthabende" Schüler nebeneinander in die Fenster ein . In der Pause transportierten wir die Pappen zu den jeweiligen Fenstern.

Solange sie aber in einem Stapel an der Wand lehnten, eigneten sie sich gut für eine Rutschpartie. Anlauf nehmen, am Stapel hoch springen und schon rutschten wir auf den Pappen bis zur Tür. An jenem Tag hatte ich das Klingelzeichen überhört und war auch etwas zu kurz gesprungen. Die obere Pappe brach. Ich rutschte trotzdem bis zur Tür, dem eintretenden Lehrer direkt vor die Füße. Leugnen war sinnlos. Die zerbrochene Pappe wurde von ihm mit einem Wert von fünf Mark veranschlagt, ein Vermögen. Diesen Betrag kratzte ich durch das Sammeln leerer Flaschen und dem Plündern meiner Sparbüchse zusammen. Den Rest erbrachten kleinere kostenpflichtige Dienstleistungen bei Geschäftsleuten. Das Geld kassierte der Lehrer ohne Quittung ein, als ich ihm zufällig in Glashütte über den Weg lief. Es war die einzige Mutprobe, die ich mit Geld bezahlen musste.

    Oft kamen dann auch gefährliche und gesundheitsschädliche Mutproben in Mode. Ein älterer Mitschüler hatte die Fähigkeit, andere Schüler in der Hofpause " in Ohnmacht" zu versetzen. Mit einem schnellen Griff presste er von hinten den Brustkorb des "Opfers" , das die Luft anhalten musste, zusammen. Nach wenigen Sekunden legte er dann den leblosen Körper auf dem Boden ab. Der Schüler erwachte nach einigen Minuten wieder zum Leben. Der Aufsicht führen-de Lehrer kannte natürlich die Ursache für die plötzliche Erkrankung des Schülers nicht und neigte zu panischen Reaktionen. Wir haben uns über seine Aufregung jedes Mal köstlich amüsiert.

Einer anderen Mutprobe konnte ich jedoch keine Freude abgewinnen. Das Ziel war die Erzeugung einer Narbe auf dem Oberschenkel. Dazu rieb der "Mutige" mit dem Daumennagel so lange auf dem Oberschenkel , bis sich die Haut rötete, entzündete und schließlich aufplatzte. Dann wurde Schmutz in die Wunde gestrichen. Nach mehreren Tagen war die schmerzende und eiternde Wunde verheilt und eine ca. sechs cm lange Narbe "zierte" das Bein des mutigen Jungen, die er bei jeder Gelegenheit stolz präsentierte. An Blutvergiftungen als Folge erinnere ich mich nicht.

Ab und zu reiften in einer Gruppe meiner Freunde auch absurde Pläne. Dazu gehörte der sogenannte Krieg gegen Niedergeising. Keiner wusste so richtig, warum wir den Krieg führen sollten und wer unser Gegner war. Wenn die Idee aber spontan aufkam, zogen wir los, bewaffnet mit Zaunlatten oder selbst geschnitzten Schwertern, Pfeil und Bogen oder Spießen. Meistens löste sich der Kriegszug auf halbem Wege auf und wurde auf einen anderen Zeitpunkt vertagt. Zum Gefecht kam es nie.

Der prämierte Holzdiebstahl

Typisch für die Nachkriegszeit, meine Mutter sprach immer von der schlechten Zeit, war ein schmerzhafter Mangel in allen Lebensbereichen . Zufriedenheit, Zuversicht, Geborgenheit, Glück waren nur noch Erinnerung . Fast jede Familie hatte den Verlust eines lieben Menschen zu beklagen. Heimkehrer litten unter dauerhaften Verletzungen oder Entfremdung nach langer Gefangenschaft. Wer eine Vermißtenmeldung erhalten hatte, verzehrte sich in hoffnungsvollem Warten. Der Mangel an Lebensmut angesichts zerstörter Heimat und geistiger Orientierung kam hinzu.

Lebensmittel waren Mangelware und verursachten den ständig nagenden Hunger, der jeglichen Optimismus zerstört. Irgendwann Mitte der 50er Jahre war dieser beherrschende Mangel an Nahrung einer einfachen Normalität gewichen. Konsum , HO und Frau Hofmann am Markt verkauften wieder Waren ohne Bezugsmarken. Der Begriff Nachkriegszeit stand nun für etwas, das überwunden war und zur Vergangenheit gehörte.

Der Mangel, von dem ich berichten will und der mich und meinen Bruder zu einer gewagten Aktion mit einem verblüffenden Ende verleitet hat, war der Mangel an Heizmaterial.

Die Erfindung des Feuers wird nicht umsonst als bahnbrechendes Ereignis der Menschheitsgeschichte gefeiert. Feuer war auch in der Nachkriegszeit Voraussetzung für Wärme im Wohnraum , die Zubereitung von Essen, für die Reinigung der Wohnung , der Wäsche und für die Körperhygiene.

Das kostbare Gut Wärme wurde bei uns sehr sparsam genutzt. Der Ofen in der Küche war die einzige Kochgelegenheit. Mutter kochte die Speisen nacheinander auf dem Feuer und hielt sie dann unter dem Federbett warm. Die Rauchgase erhitzten noch etwas Wasser im kleinen gusseisernen Kessel , bevor sie in den Schornstein strömten.

Der Kachelofen im Wohnzimmer spendete Wärme für den einzigen Raum der Wohnung, in dem sich die Familie aufhielt. Um den oberen Teil dieses mit grünen Kacheln besetzten Ofens hatte die Mutter eine Schnur gespannt, an der, außer an Feiertagen, immer Wäsche zum Trocknen hing. Im oberen Teil befand sich die so genannte Röhre. Wenn im Winter an der Wand im Schlafzimmer Eiskristalle glitzerten, schob die Mutter am Abend einen Ziegelstein hinein. Eingewickelt in ein Leinentuch wärmte dieser Stein dann das Bett kurz vor dem Schlafengehen. Manchmal brieten im Winter auch Äpfel in der Ofenröhre. Der Duft zog dann durch die ganze Wohnung.

Die Ofenbank rings um den Kachelofen war der Platz, auf dem sich die Familie zur Dämmerstunde versammelte, die Erlebnisse des Tages besprach und Volkslieder sang.

Einmal in der Woche war "Baden" angesagt, ein Vergnügen, auf das wir Kinder uns freuten. Mutter schleppte die große Zinkwanne aus dem Waschhaus über die steile Holztreppe hoch in die Küche. Vier Geschwister badeten dann nacheinander im gleichen Wasser. Natürlich wurde geplanscht, Mutter nannte es "schweinern". Jeder hatte nach dem Wechsel das Recht auf einen Nachschlag heißes Wasser, das die Mutter in großen Töpfen auf dem Herd wärmte.

Flur und Toilette waren auch im Winter kalt. Zeitunglesen, Rauchen oder langer Aufenthalt auf der Toilette waren blanker Luxus und verboten sich im Winter von selbst.

Jedes Familienmitglied hatte Pflichten. Mein Bruder und ich waren für den Vorrat an Heizmaterial verantwortlich. Ohne Heizmaterial keine Wärme, das war die bittere Wahrheit.

Jedem Haushalt wurden damals nach Anzahl und sozialer Stellung per Bezugsmarken Kohlen zugeteilt, die aber nie den Bedarf deckten.

Der Kohlehändler, ein großer, gütiger Mann mit einem Herz für Kinder, betrieb sein Geschäft am Bahnhof. Wenn wir mit dem Leiterwagen und drei groben Säcken ankamen, hatte er immer ein gutes Wort für uns. Mit einer großen Gabel schaufelte er die Kohlen in die Mulde der Dezimalwaage und kippte sie dann in die von uns aufgehaltenen Säcke. Zubinden, aufladen und nach Hause fahren mussten wir sie selbst.

Neben den langen Briketts, die zu dieser Zeit noch von guter Qualität und zum Stapeln im Keller geeignet waren, gab es noch zum freien Kauf Teerkohle, die sogenannten Eierbriketts. Sie brannten mit hellgelber Flamme, und aus dem Schornstein stieg dicker, übel riechender Qualm. Aber sie spendeten Wärme. Für eine bestimmte Menge Kohlen wurde ein "Kasten" Holz zugeteilt, runde Stammabschnitte, die mit einem offenen Kasten zugemessen wurden.

Offensichtlich reichte die zugeteilte Menge an Heizmaterial nicht aus, so dass Mutter zeitweise auch Rohbraunkohle kaufte, große und feuchte Stücken, die unbearbeitet direkt aus dem Tagebau geliefert wurden. Den mühseligen Transport der Kohle mit dem Handwagen bewältigten wir mehrmals am Tag, bis ausreichend Heizmaterial für die nächste Zeit eingelagert war. Briketts wurden im Keller eingestapelt, die Eierbriketts und die Rohbraunkohle lagerten in einem kleinen Verschlag des Schuppens hinter dem Haus.

Das Holz musste nach dem Spalten per "Huckelkorb", einem großen Flechtkorb mit zwei Stricken, auf dem Rücken über drei Etagen auf den Boden getragen werden . Täglich dann der gleiche Weg : Vor dem Heizen im Kachelofen und im Küchenherd Kohlen wieder aus dem Keller und dem Schuppen und das Holz vom Boden in die Wohnung schaffen . Auch diese Aufgabe hatten mein Bruder und ich. Ab und zu versuchte ich mich allerdings vor dieser Pflicht zu drücken, ich vergaß sie einfach. Mutters Kritik war unangenehm, der Unmut der Geschwister erst recht.

War der monatliche Waschtag fällig, heizte Mutter den Kessel im Waschhaus mit trockenem Reisig. Das Sammeln dieser Abfälle im Wald war ohne Genehmigung und Gebühr erlaubt. Für Stöcke und Bruchholz musste dagegen im Rathaus ein Sammelschein gegen Gebühr erworben werden.

Ein- bis zweimal pro Jahr zogen wir mit dem Leiterwagen in den Wald, um trockenes Reisig zu sammeln. Eine mühsame Angelegenheit, denn andere Familien benötigten diese Abfälle auch, und zwischen den Bäumen erschien der Wald oft wie frisch gekehrt. War der Leiterwagen hoch bepackt und verschnürt, traten wir den Heimweg an, ich vorn an der Deichsel, Walther hinten als Schieber und falls erforderlich, als Bremser.

Eines Tages wählten wir ohne Überlegung den Heimweg über die Karl-Sieber-Straße und die Poststraße, die im oberen Bereich sehr steil ist. Auf der Straße lag zu meinem Pech feiner Sand. Der Wagen wollte abwärts rollen und schob an meinem Gesäß. Beide Hände hatte ich um die Deichsel gelegt, die Finger nach unten, bereit zu bremsen. Entweder war das Gewicht des voll beladenen Handwagens zu groß oder Walther hatte beim Bremsen geträumt. Meine Füße rutschten auf dem Sand nach vorn weg, die Deichsel fuhr unter meinen Hintern, ich setzte mich auf die Deichselstange und rutschte einige Meter die Poststraße hinunter, bevor Walther den Wagen zum Stehen brachte.

Pech war nur, dass ich die Hände nicht von der Deichsel lösen konnte. Sie befanden sich während der ganzen Rutschpartie zwischen meinem Po und der Straße. Die Verletzung der Finger war erheblich, die Narben sind noch heute zu sehen.

Mit dem Sammeln und Transportieren des Reisigs war aber die Pflicht noch nicht zu Ende. Das Reisig musste gehackt und auf den Boden getragen werden.

Eines Tages hatten wir die Idee, dass sich auch Kienäpfel, die Früchte der Kiefer, als Brennmaterial eignen müssten. Leider befand sich der nächstgelegene Kiefernwald in der Hartmannmühle, ca. vier km von unserer Wohnung entfernt. Das schreckte uns nicht, und so zogen wir eines Tages fröhlich mit dem Handwagen los. Wir vergaßen die Zeit mit Sammeln, Spielen und Schwatzen und traten erst am späten Nachmittag den Heimweg an. Natürlich startete Mutter eine Suchaktion, und wir durften dieses Experiment nie wiederholen.

Holzdiebstahl war damals durchaus üblich. Wenn alle brennbaren Vorräte aufgebraucht waren, gingen ehrbare Bürger diesen Schritt, bevor die Familie unter der Kälte litt. Sogar die Bänke der Waldbühne am Sportplatz waren über Nacht verschwunden. In welchem Ofen sie gebrannt haben , kam nie an das Licht..

Der Wald schien wie von Zauberhand blank gefegt. Nach jedem Winter sorgte die Natur aber mit Schnee und Sturm für gutes Bruchholz. Die Ernte war jedoch allein dem Staatsforst vorbehalten. Soweit das Gesetz.

Im Frühjahr oder nach einem Sturm setzte der Wettlauf zwischen dem Förster und seinen Gehilfen und den Holzdieben ein. Das Risiko, erwischt zu werden, war überschaubar.

Wenn Erwachsene Holz im Wald stehlen, so dachten wir, warum sollte uns das nicht gelingen?

Eines Tages zogen wir los, um echtes Stammholz zu besorgen und die Mutter damit zu überraschen. Natürlich hatten wir sie vorher nicht informiert. Sie hätte uns daran gehindert, denn was wir vorhatten, war verboten. Den Onkel Paul weihten wir ein, und er lieh uns verständnisvoll Beil und Säge.

Im Wald an der Kohlhaukuppe machten wir uns früh an die Arbeit, nachdem wir sicher waren, dass uns niemand beobachtet. Dann plötzlich, wir waren schweißgebadet mit dem Zerteilen einer umgebrochenen Fichte beschäftigt, tauchte schemenhaft eine Gestalt hinter den Bäumen auf. Der heiße

Schreck fuhr uns in die Glieder. Das konnte nur der Förster sein. Auf den Gedanken, dass noch ein anderer Holzdieb in der Nähe war, kamen wir nicht.

In panischer Eile Säge und Beil unter dem Baumstamm versteckt, den Leiterwagen geschnappt, und schon war die wilde Flucht in vollem Gange. Am Hüttenteich hielten wir keuchend Kriegsrat. Ohne Holz nach Hause zu kommen, war nicht so schlimm, ohne Säge und Beil vor Onkel Paul zu erscheinen, war undenkbar. So schlichen wir uns nach bangem Warten vorsichtig zurück in den Wald. Kein Mensch war zu sehen, unser Versteck aber auch nicht. Alle Bäume sahen gleich aus. Erst nach langem Suchen fanden wir das gut versteckte Werkzeug und traten den Heimweg an, ohne Holz.

Wir bewahrten das Geheimnis und unser schlechtes Gewissen, bis ein Zettel in den Briefkasten flatterte. Die Kinder Walther und Siegfried Weise wurden im amtlichen Ton aufgefordert, sich am kommenden Dienstag 14 Uhr im Sitzungssaal des Rathauses einzufinden. Unterschrift: Der Bürgermeister. Jetzt forderte die Mutter eine Erklärung. Wir waren sicher. Der Förster hatte uns beim Holzdiebstahl gesehen und angezeigt. Mutter entschied nüchtern: Diese Suppe müsst ihr selbst auslöffeln.

Nach längerer Beratung auf der Treppe vor unserer Wohnung betraten wir reumütigen Sünder pünktlich zur befohlenen Zeit den Sitzungssaal. An einer Seite des Raums lagen auf einem langen Tisch kleine Geschenkpäckchen. Der Bürgermeister kam auf uns zu, gab uns die Hand, und statt der erwarteten Strafe dankte er uns für den fleißigen Einsatz beim Sammeln von Kartoffelkäfern. Einige Wochen zuvor waren wir mit anderen Schülern auf die umliegenden Kartoffelfelder ausgeschwärmt und hatten die gefräßigen Käfer und deren Larven gesammelt. Damals kreisten Gerüchte, dass die Amerikaner diese Käfer von Flugzeugen abgeworfen hätten, um eine Hungersnot zu provozieren. Dieses Märchen aus dem kalten Krieg ist längst widerlegt. Schüler unseres Alters in ganz Sachsen beteiligten sich in den 50er Jahren an dieser Art der Schädlingsbekämpfung. Offensichtlich waren wir besonders erfolgreich gewesen und hatten eine Prämie verdient.

Meine Freude und Erleichterung wich aber rasch der Enttäuschung, denn wir erhielten als Geschenk ein Buch und ein paar Strümpfe. Walther machte sofort das Recht des Älteren geltend, nahm das Buch und überließ mir die Strümpfe. Diese Art Kleidung war bei uns Jungen verhasst, denn wer sie tragen musste, brauchte dazu ein Leibchen, an dem vier Strumpfhalter hingen. Nichts für einen echten Jungen. Natürlich war mein Bruder fair und überließ mir das Buch, nachdem er es ausgelesen hatte.

Holz haben wir nie wieder gestohlen. Die Kartoffelkäfer blieben auch weg.

Die Zirkuspremiere

In jedem Jahr schlug ein Wanderzirkus in Geising seine Zelte auf. Aufwändige Werbung gab es vorher nicht. Wenn die ersten bunten Wagen durch Geising rollten, sprach sich das unter uns Jungen schnell herum. Sobald der Unterricht zu Ende war, eilten wir zum Leitenhof, der großen Gaststätte am oberen Ende der Stadt mit dem traditionellen Platz für das Zirkuszelt und die Wagen des reisenden Volkes..

Meist waren es kleine Familienunternehmen. Große Tiere besaßen sie selten. Eines Tages lief aber doch ein Elefant vor dem Wagentross. Eine echte Sensation für unsere kleine Stadt. Ein Mädchen, das an der Löwenhainer Straße wohnte, erlernte zufällig an diesem Tag das Fahrradfahren. Die Straße war abschüssig. Die Balance konnte sie schon halten ,nur das Bremsen hatte ihr niemand beigebracht. Auf Höhe des Rathauses kam ihr der bunte Zug der Zirkusfamilie entgegen. Wo sollte sie das Fahrrad zum Stehen bringen? An der Hauswand oder am Elefanten? Sie entschied sich dann doch für die Hauswand. So blieb wenigstens der Elefant unverletzt.

Auf dem Platz hinter dem Leitenhof bauten die Zirkusleute das Zelt auf und parkten die Geräte- und Wohnwagen . Unser Interesse galt natürlich den Tieren. Wir bettelten, bis wir beim Aufbau der Stallzelte und auch später bei den Vorstellungen helfen durften. Bei dieser Hilfsarbeit hatte ich eines Tages den einzigen Zirkusauftritt meines Lebens, eine echte Premiere.

An jenem Abend drohte ein schweres Gewitter mit schwarzen Wolken am Himmel .Ich durfte bei der Zusammenstellung des sogenannten Exotenzuges helfen. Lamas, Ponys und sogar zwei Kamele ,deren Anblick für die Geisinger Bürger eine echte Sensation waren, sollten brav und schwerfällig vor dem staunenden Publikum eine Runde in der Manege drehen. Irgendwelche Kunststücke waren nicht vorgesehen.

Ich war für einen massigen Büffel zuständig. Mit einem derben Strick, der um die gebogenen Hörner und am anderen Ende um mein Handgelenk gewickelt war ,folgte er mir behäbig und widerwillig bis zum Zelteingang, um in der Reihe hinter Kamelen, Zebras und Lamas seinen angestammten Platz einzunehmen.

Plötzlich schlug ein Blitz in der Nähe ein, gefolgt von einem mächtigen Donnerschlag. Dem Büffel gefiel das offensichtlich nicht, und er rannte los. Der Weg zurück zum Stallzelt war ihm zu lang, der Eingang zum voll besetzten Zirkuszelt war näher. Das Seil , fest um mein Handgelenk gewickelt, ließ mir keine Wahl. Das verängstigte Tier zog mich, und ich musste folgen. Der Versuch, das schwere und sture Tier zu bremsen, war aussichtslos. Der Büffel konnte oder wollte nicht anhalten und lief hinein in die festlich beleuchtete Manege. Die Zirkuskapelle spielte, der Büffel und ich im Schlepptau drehten eine Runde , das Publikum klatschte begeistert.

Gage bekam ich für diesen Auftritt nicht ausgezahlt, hielt aber künftig respektvollen Abstand zu den Tieren. Mein Auftritt mit dem Büffel war noch lange Gesprächsstoff in der Schule.

Hund und Katze

Eine Katze gehörte immer zu unserer Familie. Mutter bevorzugte allerdings Kater. Sie hatte genug Ärger mit ihren vier Kindern und wollte in der kleinen Wohnung nicht noch Katzenkinder aufziehen.

Wir suchten immer Kater mit einem schwarzweiß gefleckten Fell aus, verzichteten auf einen Stammbaum und tauften ihn auf den Namen Felix. Meist reservierten wir ihn bei einem Bauern im Ort, bevor er nach der Geburt im Wassereimer ertränkt oder an die Wand geworfen wurde. In meiner Kindheit war das die übliche Form der Selektion . Im Alter von fünf Wochen durften wir Kinder dann das niedliche Knäuel Leben abholen, das mit weit geöffneter Schnauze und hoher Stimme um Milch und Liebe bettelte,. Es war üblich, den symbolischen

Preis von 25 Pfennigen zu bezahlen, damit das Tier gesund aufwächst, so wollte es der Brauch .

Wenn wir keine Zeit oder Lust hatten, mit dem Kater zu spielen, saß er bei Oma Anna am Fenster oder im großen Ohrensessel am Ofen. Oma Anna war sehr klein, und wenn sie auf dem Stuhl am Fenster saß und der Kater sich auf der Fensterbank räkelte ,befanden sie sich sozusagen auf Augenhöhe. Es sah so aus, als ob die Beiden dann einen stummen Gedankenaustausch pflegten. An der Nase von Oma Anna hing immer ein Tropfen . Sie war Anfang der 50er Jahre zu uns gezogen, nachdem sie in Siebenbürgen gelebt hatte. Auch meine Mutter war in dieser stolzen deutschen Enklave aufgewachsen. Nach dem Krieg wurden die Siebenbürger Sachsen von den rumänischen Behörden unterdrückt, und wer Verwandte in Deutschland hatte, reiste aus.. Bei uns fand Oma Anna ihre Ruhe, und ihr Freund Felix gehörte dazu.

Einer dieser Kater war ausgesprochen klug und mitfühlend. Er kuschelte gern mit uns Kindern und tröstete uns, wenn wir krank oder traurig waren. Sein Lieblingsplatz war aber der Schoß von Oma Anna, wenn sie tief in ihren Sessel am Ofen versunken war und die Predigt vom vergangenen Sonntag las.

Felix streunte gern durch die Wiesen, kaute Gras, bevor es regnete und setzte seine Duftmarken an die Obstbäume. Der Weg, den er aus unserer Wohnung im ersten Stock in die Wiesen oder nach dem Streifzug zurück in die Wohnung nahm, war abenteuerlich. Im Abstand von einem reichlichen Meter neben unserem Küchenfenster befand sich das Vordach über dem Hintereingang. Felix sprang immer schräg aus dem Fenster auf das Dach und kletterte dann am Stützbalken hinunter. Im Winter war der Rückweg komplizierter. Am Balken hinauf auf das Vordach war keine Hürde für den geübten Kletterer. Vor das Küchenfenster montierten wir aber vor dem Winter zum Schutz vor Kälte ein Doppelfenster . Hauswand und Fenster befanden sich dann in gleicher Linie, was einen Zwischenstopp auf dem Fensterbrett unmöglich machte. Felix hatte aber eine Lösung gefunden. Er sprang schräg an das Fenster, krallte sich an den oberen Fensterrahmen und trommelte mit den Hinterbeinen an die Fensterscheibe, bis er eingelassen wurde.

Im Haus lebte damals noch der Hauseigentümer mit seiner Frau. Er war ein griesgrämiger, streitsüchtiger Mann, der oft von seiner Gattin hinter der verschlossenen Wohnungstür zum Angriff auf die Mieter motiviert wurde. Bei den gelegentlichen Auseinandersetzungen mit meiner Mutter hatte er keine Chance, verlor regelmäßig den Disput und zog sich maulend hinter die schützende Wohnungstür zurück, wo ihn allerdings die boshafte Gattin erwartete.

Im Erdgeschoss betrieb ein Klempnermeister sein Geschäft. Er wohnte gegenüber der Werkstatt mit seiner Frau und der Tochter. Meine Mutter war der gute Geist dieser Familie, Haushalthilfe, Kindermädchen und Seelentröster.

Der Meister , ein kleiner umtriebiger Unternehmer, hatte sich auf Auftragsbeschaffung, Materialversorgung und Kundenpflege aller Art spezialisiert und gehörte zu den Unterstützern des Geisinger Schi- und Eisfaschings. Sein Markenzeichen war eine dicke Zigarre im Mund. Seine Gattin war eine gutmütige, zurückhaltende und sehr schöne Frau.

Zu dieser Familie gehörte auch ein besonderer Hund aus der Rasse der Chow-Chow. Er war ein reiner und überaus stolzer Vertreter dieser aus China stammenden Art eines Spitz,, mit dichtem wolligen Fell von rotbrauner Farbe. Der gedrungene Kopf mit der breiten blauen Nase, unter der meistens die blaue Zunge hing, machte dieses Tier zu einer Augenweide. Er hörte auf den stolzen Namen eines berühmten Stammesfürsten- Akbar. Er hörte allerdings nur, wenn er wollte.

Akbar war ausgesprochen gutmütig. Wir Kinder tobten mit ihm herum, warfen ihn auf den Rücken oder hoben ihn am Kopf hoch. Nie griff er einen Menschen an. Nur beim Anblick einer Katze erwachte sein Killerinstinkt. War ein solches Tier unvorsichtig und tauchte in Akbars Blickfeld auf, sprintete er los und war nicht zu halten. Gewann er den Wettlauf, biss er kurz in das Genick seiner Beute, was augenblicklich ihr Leben beendete. Für den unfreiwilligen Zuschauer hatte dieser Mord sogar etwas Edles. Akbars Biss war so schnell und erfolgreich. Kein Schrei des Opfers ertönte, und kein Blut floss. Nach vollendetem Werk verlor Akbar sein Interesse an der toten Katze, legte sie fein säuberlich am Wegesrand ab und kehrte zu seiner vorherigen Beschäftigung zurück.

Die einzige Katze, die es mit ihm aufgenommen hat, war unser Felix. Er hatte schnell erkannt, dass Akbar an einer Stelle seines Körpers sehr verwundbar war. Anders als bei Männern war das seine große blaue Nase. Es war ein Vergnügen, den Zweikampf dieser so unterschiedlichen Tiere zu beobachten. Wenn Akbar zur schnellen Jagd auf

Felix startete, flüchtete dieser wie seine Artgenossen, solange die noch am Leben waren. Kurz bevor Akbar unseren Kater erreicht hatte, stoppte Felix, drehte sich blitzschnell um, erhob sich auf die Hinterpfoten, fauchte den Hund an und zerkratzte ihm gründlich die Nase. Das dauerte nur Sekunden. Der Hieb mit der Katzenpfote und den ausgefahrenen Krallen erfolgte blitzschnell, präzise und fast genüsslich. Danach setzte Felix die Flucht fort , während Akbar mit seiner Zunge jaulend die zerkratzte blutende Nase pflegte. Für einige Zeit war Waffenstillstand vereinbart, bevor die Jagd eines Tages erneut begann und mit einer zerkratzten Nase und einem zufriedenen Kater endete.

Felix war sich seiner taktischen Überlegenheit bewusst und provozierte den erfolglosen Hund gern. Zwischen dem Hof hinter unserem Haus und der Wiese, die als Bleichplan für die Wäsche genutzt wurde, hatte der Besitzer einen Holzzaun gezogen. Der Abstand zwischen den Latten war groß genug für eine Katze auf ihrem täglichen Streifzug. Ein Hund passte jedoch nicht durch, und auch für einen Sprung, das war ohnehin nicht Akbars Stärke, war der Zaun zu hoch. Felix hatte das einkalkuliert , legte sich regelmäßig hinter den Zaun in die Sonne und wartete geduldig auf seinen Hausfreund. Der versuchte natürlich, den Kater zu erreichen und gebärdete sich wild und drohend. Er streckte seine Pfote durch die Latten, sprang immer wieder am Zaun hoch, bellte und jaulte vor Wut. Felix dagegen schnurrte genüsslich in der sicheren Entfernung von wenigen Zentimetern, die seinen Körper von der bis zum Äußersten ausgestreckten zappelnden Hundepfote schützte. Eine solche Aufregung und Anstrengung hätte bei einem Menschen sicher zum Herzinfarkt geführt, Hunde sind da offensichtlich resistent. Akbar gab nach einiger Zeit einfach auf und zog sich als fairer Verlierer zurück, ohne dem Kater noch einen Blick zu gönnen. Einen anderen Streich sparte sich Felix für den Winter auf. Er saß dann oft auf dem Vordach und wartete auf seinen Freund Akbar. Klettern gehört nicht zu den herausragenden Fähigkeiten der Rasse Chow-Chow, und so bellte der Hund verzweifelt unten, und der Kater schaute von oben genüsslich zu. Wenn es ihm zu langweilig wurde, drehte er sich um und scharrte mit den Hinterpfoten Schnee auf den verzweifelten Hausgenossen.

Die Beiden trieben ihr Spiel lange Zeit, bis der Hund eines Tages doch siegte, weil Felix einem schwer wiegenden Irrtum erlag. Der Hausbesitzer hatte an diesem Tag den Zaun wegen einer Reparatur entfernt. Das muss Felix entgangen sein, denn er spazierte sorglos über die Wiese. Diese einzigartige Gelegenheit nutzte Akbar zur Rache für die erlittenen Demütigungen. Felix starb den schnellen und schmerzlosen Tod durch Akbars üblichen Genickbiss.

Wir waren traurig, hatten aber mit einem solchen Ende gerechnet. Meine Schwester inszenierte die Beerdigung für das geliebte Haustier und vergoss viele Tränen.

Kurz darauf zog die Familie Schomer mitsamt Akbar um. Er suchte sich ein neues Jagdrevier und besserte sein Selbstwertgefühl mit erfolgreicher Jagd auf andere Katzen auf. Ich habe ihn aus den Augen verloren, denn meine Interessen konzentrierten sich zunehmend auf Abenteuer und später auf Mädchen. Haustiere spielten dann eine untergeordnete Rolle.

Lehrer-verehrtes Opfer

Neben den Eltern sind Lehrer die wichtigsten Autoritätspersonen für Kinder. In meiner Kindheit waren sie das auch noch. Heute haben Beide an Bedeutung verloren. Keiner von uns Kindern hätte es gewagt, die Entscheidung des Lehrers, die Zensuren oder auch Strafen durch "höhere Instanzen", wie Eltern, den Direktor oder gar Gerichte anzufechten. Es wäre mir nie in den Sinn gekommen, die Mutter zu einer solchen Aktion zu bewegen, sie hätte es auch kategorisch abgelehnt. Unter uns diskutierten wir aber über die Lehrer heftig, kritisierten sie und vergaben Spitznamen.

Natürlich erprobten wir unsere Macht als Gruppe durch einfallsreiche Streiche , die oft die Grenze des gebotenen Anstandes verletzten. Die einzelnen Lehrer boten dafür unterschiedliche Angriffsmöglichkeiten.

Ganz oben auf der Rangliste der "Opfer" stand unser Lehrer für Musik und Russisch, ein ausgesprochen gütiger Mensch. In den ersten vier Schuljahren verehrten wir ihn als Vaterfigur. Legendär war sein Unterricht in der Waldschule oberhalb des Leitenweges. Inmitten der Fichten markierten ausgewählte Schüler mit Steinen einen großen Kreis, in dem wir uns auf den Waldboden hockten, der Lehrer mitten unter uns. Es war aufregend .Er lehrte uns, die Natur zu erkunden und zu genießen, Gerüche, Geräusche, den Aufbau der Pflanzen, Wettererscheinungen. In den Ferien organisierte er Wanderungen, die niemals langweilig waren. Wir bastelten unter seiner Anleitung Drachen und bemalten sie mit viel Phantasie. Natürlich sollte der eigene Drachen beim Wettbewerb auf den Stoppelfeldern im Herbstwind am höchsten steigen. Papierfetzen mit "Nachrichten" stiegen, vom Wind angetrieben, an der Schnur nach oben .Es war aufregend.

Der Höhepunkt der letzten Ferienspiele, die ich mit diesem Lehrer erlebt habe, war ein Ausflug zum Bauernfelsen. Auf dem "Stundenplan" stand unsere erste Lehrstunde im Klettersport. Siegfried Hilbert war vor dem Krieg begeisterter Sportler gewesen, verlor aber als Soldat ein Bein. Seit dieser Zeit trug er ab dem Oberschenkel eine Prothese. Das hinderte ihn nicht, sich vom Bauernfelsen fachgerecht abzuseilen und uns in die Geheimnisse des Kletterns einzuweisen. Mutige Jungen durften das unter seiner Anleitung sogar üben.

Die kindliche Liebe und Achtung für diesen warmherzigen Pädagogen schlug allerdings später um, und wir begannen, ihn im Unterricht systematisch zu ärgern und zu quälen. Mit seiner Nachsicht und Güte bot er reichlich Angriffsfläche, denn Strenge und Strafen waren ihm zuwider. Außer Musik, bei Jungen immer unbeliebt, lehrte er auch Russisch, in der Skala der ungeliebten Fächer noch weiter oben.

Für die ersten Neckereien benutzten wir Stecknadeln. Kurz zuvor waren Exemplare mit kleinen Glaskugeln am Kopf im Handel aufgetaucht. Wir entwendeten sie nach und nach unseren Müttern. Ritzen, in die wir diese Stecknadeln stecken konnten, fanden wir in den Schulbänken .Sobald uns der Lehrer den Rücken zuwandte, begann das Konzert. Die Stecknadeln gaben, wenn sie mit dem Finger an der Glaskugel gezupft wurden, einen hellen Ton von sich, der jedoch von Stecknadel zu Stecknadel unterschiedlich war. Wenn der Lehrer sie entdeckte, sammelte er sie ein. Meist konnten wir die Nadel nicht rechtzeitig entfernen. Auf Strafen verzichtete er notgedrungen, denn die Hälfte der Klasse beteiligte sich an diesem Spaß. Mit der Zeit begann ein Wettlauf. Das Depot des Lehrers wuchs im gleichen Maße an wie die Bestände der Mütter schwanden. Der Lehrer trug die eingesammelten Stecknadeln an seinem Jackenaufschlag und sah bald aus wie ein Ordensträger der Roten Armee. Unsere Vorräte waren aber unerschöpflich. Mutter staunte zwar über den wundersamen Schwund in ihrer Nähkiste. Die Wahrheit hat sie nie erfahren.

Das Spiel wurde bald langweilig, und erfinderische Schüler kreierten eine neue Idee. Ein Schüler, vom Lehrer zu einer Antwort aufgefordert, musste immer aufstehen. Der Hintermann platzierte dann blitzschnell eine Reißzwecke auf dem Sitz - mit der Spitze nach oben. Dann warteten alle gespannt, wenn sich der Schüler wieder setzte. Die Lehrer wunderten sich lange Zeit über den spitzen Schrei, den aufspringenden Schüler und unser Gelächter.

Warum sollte eigentlich der Lehrer bei diesem Spaß nicht einbezogen werden? Sein "Arbeitsplatz" war ein Pulttisch mit einem einfachen Stuhl. In der Pause legte ein Schüler eine Reißzwecke auf den Stuhl des Lehrers. Gespannt warteten wir auf das Klingeln am Ende der Pause. Herr Hilbert trat ein, setzte sich und begann den Unterricht. Der erwartete Schmerzensschrei blieb aber zu unserer Verwunderung aus. Als er dann durch den Klassenraum lief, sahen wir die Ursache. Die Reißzwecke hatte sich durch die Hose in die Beinprothese gebohrt und die Hose daran befestigt. Zum ersten Mal haben wir uns geschämt. Sicher hat der Lehrer am Abend den Schaden bemerkt, am folgenden Tag aber kein Wort darüber verloren. Die Scham war heilsam, wir haben ihn nie mehr geärgert. Vor einigen Jahren zum Klassentreffen erheiterte er uns noch mit schnurrigen Geschichten. Meine Entschuldigung für die Quälereien von damals wollte er nicht annehmen. An böse Streiche konnte er sich angeblich nicht erinnern.

Der Lehrer für Erdkunde war für seine Schnoddrigkeit und seine ungewöhnlichen Strafen berüchtigt. Frechen Schülern griff er beherzt in das Haarbüschel neben dem Ohr, drehte es und zog den meist schreienden Knaben langsam nach oben. Wer so behandelt wurde, erinnerte sich lange an den heftigen Schmerz. Aber es war wirkungsvoll. Der betreffende Schüler erhob sich schnell . Ein extrem frecher Junge, der auch sitzen geblieben war, besorgte sich eines Tages von seiner Schwester Haarentfernungscreme. Nach einer gezielten Provokation des Jungen griff der Lehrer prompt zu, hielt plötzlich ein Büschel Haare in der Hand während der Schüler theatralisch schreiend aus der Bank fiel. Unser Vergnügen war grenzenlos.

Herr Jäpel hatte immer sehr gepflegte Schuhe an. Ich saß neben dem Gang, gegenüber einer meiner Freunde. Als der Lehrer auf unserer Höhe dozierend stehen blieb, hielt Bernd Michael seinen Schuh über das blank geputzte Schmuckstück des Lehrers und zwinkerte mir zu. Ich handelte spontan und trat auf Bernds Schuh und dieser, allerdings ungewollt , auf den Lehrerschuh. Herr Jäpel erstarrte mitten im Redefluss, hielt sich aber mit der Strafe zurück. Wen sollte er auch bestrafen. Ich hatte seinen Schuh nicht beschmutzt, und Bernd hatte das auch nicht gewollt.

Als Bernd Michael eines Tages in seiner Bank fläzte und ungerührt gähnte, warf ihm der Lehrer seinen Schlüsselbund zu mit den Worten:" geh zu mir nach Hause und schlaf Dich aus". Bernd fing den Schlüssel auf, sagte ruhig" Einverstanden " und verschwand aus der Tür.

Deutsch und Erdkunde lehrte Harry Jähnichen. Er war offenbar davon überzeugt, dass wir keine Lust zum Lernen hatten und dazu auch nicht fähig waren. So erteilte er uns oft zu Beginn der Unterrichtsstunde Aufgaben, die wir selbst zu lösen hatten. Während wir so taten, als ob wir lernen, schrieb er Briefe an seine Freundin in Dresden. Ich hatte dann die ehrenvolle Aufgabe, die Briefe zur Post zu bringen, selbstverständlich während der Unterrichtstunde.

   Eines Tages verblüffte er uns. Zu Unterrichtsbeginn stand an der Tafel der Satz:" Der Rhein springt aus dem Sankt Gotthardt heraus". Wir sollten dann eine elegantere Variante finden. Ziel war die Übung mit Vorsilben. Warum plötzlich diese ungewohnte sorgfältige Vorbereitung? Das Rätsel war schnell gelöst. Zwei ehrwürdige Herren der Schulbehörde nahmen in der hinteren Bankreihe Platz. Eine routinemäßige Überprüfung. Spuren hat dieser Besuch nicht hinterlassen. Der lockere Stil wurde beibehalten. Offensichtlich haben wir trotzdem die Grundlagen der deutschen Sprache erlernt.

   Herr Stöckel unterrichtete Biologie und Mathematik. Er war mit einem trockenen Humor gesegnet, was sich in intelligenten Strafen und außergewöhnlichen Vergleichen äußerte:" Du hast ein Benehmen wie ein Gartenschlauch" . Für Ordnungsdienste war immer ein Schüler eingeteilt und verantwortlich für eine saubere Tafel und ein aufgeräumtes Zimmer zu Unterrichtsbeginn. Als Inhaber dieses Dienstes war mir eines Tages ein Apfelgrieps auf dem Fußboden entgangen. Eine der typischen "Stöckelstrafen" war fällig. Ein anderer Lehrer hätte einen Eintrag in das Tagebuch verfasst oder die Aufgabe gestellt, 100mal zu schreiben: "Ich soll Ordnung halten". Das war unangenehm und langweilig. Lehrer Stöckel verurteilte mich nach kurzer Überlegung zu einem Aufsatz mit dem Thema " Apfelgrieps und Umwelt", Umfang mindestens eine Seite. Er amüsierte sich köstlich, als er nach zwei Tagen das Ergebnis in den Händen hielt. Ich hatte unter dem Thema " Die volkswirtschaftliche Bedeutung eines Apfelgrieps" weitschweifig über die Gewinnung von Apfelöl, Kosmetika und Apfelkonzentrat schwadroniert. Natürlich ein reines Phantasieprodukt.

Ich erinnere mich auch mit Unbehagen an einen Direktor. Er war pädagogisch ungeschickt oder ängstlich und unterrichtete Geschichte und Staatsbürgerkunde. Unser Verhalten beobachtete er argwöhnisch und vermutete immer politische Absichten. Über den Vorfall mit der Spielzeugpistole und die "Anklage" wegen Putschversuchs nach dem von mir organisierten Überfall auf ein Mädchenzimmer habe ich bereits berichtet. Er war von uns weder verehrt noch wählten wir ihn als "Opfer" aus.

Offensichtlich habe ich in den acht Schuljahren in Geising trotz der vielen Streiche ausreichendes Wissen erworben. Nach Abschluss der 8. Klasse durfte ich 1959 auf die Erweiterte Oberschule Glück Auf Altenberg , das heutige Gymnasium, wechseln.

Drei Beduinen, ein Kamel und ein Fehlgriff

Ein typischer Rheinländer, den die Kriegswirren nach Geising in das Osterzgebirge verschlagen hatten, brachte mit seinen Ideen kurz nach Kriegsende Lebensfreude in unsere kleine Stadt. Er war immer gut gelaunt , zu Scherzen aufgelegt und voller Pläne. Sein erstes Projekt war ein kleines Naturtheater nahe dem Sportplatz. Mitstreiter fand er schnell , eine provisorische Bühne und Bänke für die Zuschauer entstanden aus groben Holzstämmen zwischen den hochgewachsenen Fichten. Die Manuskripte für kleine Verwechslungskomödien hatte er mitgebracht oder selbst geschrieben. Glanzstück war die Geschichte vom Stülpner Karl, dem legendären Räuberhauptmann aus dem Erzgebirge.

Schauspieler fand er in Mitbürgern, die bis zu seinem Angebot von ihrem Talent nichts gewusst hatten. Seinem Werben konnten sie nicht widerstehen.

Der Rheinländer trug natürlich auch die Gene eines echten Narren in sich, der zur Faschingszeit einfach nicht untätig sein kann. Er steckte einige Geisinger Handwerker, den Schlosser Erwin Fischer, den Klempner Herbert Schomer, den Händler und leidenschaftlichen Musiker Helmut Friedrich und den Malermeister Helmut Ehrlich mit seinem Frohsinn und den abenteuerlichen Plänen an. Deren Familien wurden konsequent einbezogen, und der Schi- und Eisfasching Geising war geboren.

Mein langjähriger Freund Frieder Ehrlich überredete mich und andere Schüler in jedem Jahr, am Umzug teilzunehmen. Mutter Ehrlich nähte die Kostüme, Tochter Roswitha war für das Schminken zuständig.

Am Anfang stand aber jedes Jahr die schwierige Suche nach der zündenden Idee. Wir trafen uns ab November mehrere Male , wägten ab, verwarfen, bauten, rissen ein und traten dann in letzter Minute an, wenn der Umzug zusammengestellt wurde.

Meine erste Teilnahme habe ich aber eher in schmerzhafter Erinnerung. Der Klempnermeister, mit dem wir im Haus zusammen wohnten, wollte zwei sehr unterschiedliche Gestalten nebeneinander präsentieren. Ein hoch gewachsener Mann mit einem kleinen Zylinder auf dem Kopf sollte von seinem sehr kleinen Kind mit einem großen Hut begleitet werde. Für diese Rolle war ich eingeplant. Den gewaltigen Zylinder hatten die Gesellen aus Blech gebaut. Ich musste ihn während des gesamten Umzuges auf meinem Kopf tragen, wobei aber nur meine Füße sichtbar waren. Ein schmaler Schlitz eröffnete mir ein kleines Sichtfeld. Mit der Zeit wuchs sich der Druck auf meinen Kopf zu einem starken Schmerz aus, und ich eilte samt Zylinder weinend nach Haus.

In anderen Jahren stellten wir eine Zirkustruppe, einen Zigeunerzug und die Sieben Schwaben dar. Es war uns einfach zu langweilig, in unseren Kostümen nur mitzulaufen. Immer waren wir süchtig nach irgendwelchen Einlagen. Als Zigeuner zogen wir einen alten Waschkessel auf Kufen, in dem ein Feuer mit viel Rauch brannte, hinter uns her. Die Sieben Schwaben trugen natürlich einen langen Spieß und verfolgten damit einen Jungen, der als Hase verkleidet war. Er lief dann ab und zu auf die Zuschauer zu, und wir verfolgten ihn. Zum Glück wurde kein Zuschauer verletzt, denn das Bremsmanöver endete oft nur wenige Zentimeter vor den Zuschauern. Absoluter Höhepunkt in meiner Karnevalskarriere war aber ein Beduinenzug, allerdings war ich da schon 18 Jahre alt.

Unter einem Kostüm mit Höcker und Kopf aus Pappe steckten zwei Freunde und stolperten als Kamel im Umzug. Dahinter liefen wir, als Beduinen verkleidet, mit weißen Betttüchern, die wir bei den Müttern "ausgeliehen" hatten. Die Ordner wiesen uns einen Platz direkt vor dem Prinzenwagen zu. Ab und zu fielen wir zum Vergnügen der Zuschauer auf die Knie und verrichteten unter "Allah"-Schreien unser Gebet. Der Prinzenwagen musste dann jedes Mal anhalten..Natürlich war auch schon Alkohol im Spiel, um die Kälte zu vertreiben. Eine Korbflasche mit Kräuterlikör kreiste und befeuerte unsere gute Laune . So traktierten wir das Kamel während des Umzuges nach echter Treibermanier mit Fußtritten, was die Jungs darunter mit wütenden Schreie quittierten , die so gar nicht nach Kamel klangen.

Der Umzug ging, wie in jedem Jahr, auf der Eisfläche des Gründelstadions mit einer bunten Schau zu Ende . Kostümierte Sportler sprangen von der Gründelschanze. Auf der Eisfläche, gesäumt von den Narren der Umzugsgruppen, drehten dann Eiskunstläuferinnen ihre Pirouetten.

Geising war damals Hochburg des Eishockeys und Eiskunstlaufs und alle berühmten Läufer aus der DDR, Ungarn und Tschechien waren auf der Geisinger Eisfläche zu Gast gewesen. Dazu gehörte auch Jutta Müller, die später legendäre Trainerin in Chemnitz . Ihr wurde eine besonders enge Bindung zu Geising nachgesagt.

Mit Spannung erwarteten die fröhlichen Narren und ihre Gäste den Auftritt ihrer talentierten Tochter, der damals 13-jährigen Gabi Seyfert. Das jahrelange Training hatte eine athletische Figur geformt., eine sehr reizvolle Erscheinung. Die weiblichen Attribute zeichneten sich beim Auftritt deutlich ab, kurz, sie war eine Augenweide, insbesondere für 18-jährige angeheiterte Jungs in der Rolle von Beduinen, bereit zur Jagd. Plötzlich kam die Idee auf, dieses hübsche Mädchen nach Beduinenart vom Eis zu entführen. Vielleicht war ja auch ein deftiges Lösegeld für die anschließende Feier zu erzielen. Wir schwärmten auf Kommando aus, was auf der glatten Eisfläche gar nicht so einfach war. Rüdiger Schwarz gelang es, die flüchtende Gabi von hinten einzuholen. Sie schlug Haken, für eine geübte Eiskunstläuferin mit scharf geschliffenen Kufen kein Kunststück. Rüdiger hatte es schwerer. Er hatte auf dem Boden seiner Großeltern aus Stroh geflochtene Überschuhe gefunden, wie sie die Soldaten im Ersten Weltkrieg trugen. Die sahen zwar gut aus, gaben ihm aber keinen Halt. Er kam bei dem jähen Wendemanöver in das Rutschen und fuhr von hinten mit beiden Händen unter Gabis Arme. Er wollte sie oder auch sich nur fest halten und hatte dabei die kindlichen Brüste unbeabsichtigt fest im Griff. Gabi fuhr in ihrer Angst weiter und zog Rüdiger in dieser Haltung rutschend hinter sich her.

Solch einen Paarlauf hatten die Geisinger und ihre Gäste noch nicht erlebt. An der Spitze die kräftige und prominente Läuferin, die mit kraftvollen Schritten versuchte, den lästigen Räuber abzuschütteln. Im Schlepp hatte sie den 1,85 Meter großen Jungen, der sich aus Angst anklammerte, weil er bei dem rasanten Lauf weit nach vorn gebeugt war und unweigerlich auf die Nase gefallen wäre, wenn er losgelassen hätte. Das Publikum zollte begeisterten Beifall . Rüdiger schwor nach diesem Auftritt, dass er sich seine Hände nicht mehr waschen wollte.

Solche Episoden gehörten zu den Höhepunkten des Geisinger Schi- und Eisfaschings und bereicherten die Gespräche an den Stammtischen .

Unsere "Auftritte" im Fasching waren völlig unpolitisch. In den letzten Jahren der DDR nutzten aber die Geisinger Narren den Fasching als Ventil für Kritik an den politischen Umständen. Die Berliner Mauer, die Reisen der Rentner in die Bundesrepublik und die verhasste Staatssicherheit (Spitzname "Firma Horch und Guck") waren immer gut für gelungene Anspielungen. So wurde der Umzug zum Katz und Maus Spiel zwischen den Geisinger Narren und den verdeckten Ermittlern der Staatssicherheit. Politische Themen wurden gekonnt auf das Korn genommen und mit unverfänglichen Titeln im Umzug gestaltet. Der Bürgermeister war verpflichtet, die Titel der einzelnen Umzugsbilder einige Tage vor dem Ereignis an die Staatssicherheit zu melden. Die Realität am Faschingstag sah aber anders aus. Plötzlich liefen Gruppen mit, die entweder gar nicht oder unter anderem Titel gemeldet waren. Das Publikum am Rande der Straße war begeistert, und die Aufpasser liefen regelmäßig in das Leere. Ein direktes Eingreifen scheuten die "Aufsichtspersonen". Nur in der folgenden Woche präsentierten amtliche Fotografen Bilder zur Auswertung in den Personalabteilungen der betreffenden Firmen. Festnahmen oder irgendwelche anderen offiziellen Repressalien wurden aber nicht bekannt. Nach der Wende machte sich das Fehlen der politischen Brisanz im Fasching sehr bemerkbar.

Zu dieser Zeit war ich aber längst braver Familienvater, gestandener Manager und Faschingsmuffel.

Der Prasdnik

Bis zum Oktober 1976 wusste ich nicht, was ein Prasdnik ist. Da lag plötzlich eine Einladung oder besser ein dienstlicher Auftrag auf meinem Schreibtisch.

Ich war damals mit jungen Jahren zum Technischen Direktor berufen worden. So einen Titel erhielt man nur im Doppelpack mit einem ungeliebten politischen Amt . Das war DDR-Praxis. Mein Chef sagte im Vorbeigehen zu mir "Du musst auch den DSF-Vorsitzenden machen". Und ich dachte, warum nicht, immer noch besser als Parteisekretär.

DSF, die Gesellschaft für Deutsch-Sowjetische Freundschaft, war eher harmlos, weil inhaltslos. Außer Freundschaft ist da nichts zu tun, dachte ich. Das aber war ein folgenschwerer Irrtum. Den Patenschaftsvertrag, den unsere Firma mit einer Garnison der Roten Armee hatte, verschwieg man mir.

Dann lag diese Einladung auf dem Tisch: Siebenter November, Tag der Roten Armee, auf Russisch Prasdnik. Korrekt übersetzt, der Ehrentag, unter Insidern Begriff für einen gepflegten alkoholischen Abend.

Um Blumen, den Dienstwagen und irgendwelche Formalitäten musste ich mich nicht kümmern. Eine eifrige Kollegin übernahm das. Sie hatte die Deutsch-Sowjetische Freundschaft sehr intensiv mit einem Offizier der Pateneinheit ausgelebt. Das Ergebnis war ein hübscher Knabe und eine Zwangsversetzung seines Erzeugers zurück in die Sowjetunion. Er sollte seine Gene gefälligst im Heimatland verbreiten. So weit ginge die Deutsch-Sowjetische Freundschaft denn doch nicht, befanden seine Vorgesetzten.

Die Firma stellte mir für den Prasdnik einen klapprigen Dienstwagen der Type Moskwitsch mit Fahrer zur Verfügung.

Die Feier fand in einem einstöckigen schmucklosen Gebäude statt , offensichtlich das Offizierskasino. Hinter dem Eingang waren mehrere Matratzen ausgelegt, wozu, begriff ich später. In der Mitte des Raumes stand eine lange Tafel mit blank gescheuerter Oberfläche. Vorn drei quer stehende Tische für die Ehrengäste . Auf der Tafel Schüsseln mit einfachen, fetttriefenden Speisen: Fisch, kleine

Fleischstücke, Bratkartoffeln. Alles schwamm im gleichen Öl.

Zu jedem Gedeck gehörten zwei große schwere Gläser, eines für Mineralwasser, das zweite für diese Art Wasser, das die Russen zärtlich Wässerchen, auf Russisch Wodka, nennen. Hinter jedem Gast war ein Soldat für den persönlichen Service postiert.

Ein hoher deutscher Funktionär eröffnete die Feier mit salbungsvoller Rede, Er würdigte die ruhmreiche Sowjetarmee, sprach überschwänglich den Dank für die Befreiung vom Faschismus aus und beschwor die Erhaltung des Friedens und der Freundschaft . Am Ende sprach er einen bekannten Trinkspruch in perfektem Russisch :" Na Starowje , sa Druschbu" zu gut Deutsch: "Zum Wohl, auf die Freundschaft". Alle Gäste erhoben sich, wiederholten die gut gemeinten Worte brav im Chor und nahmen einen kräftigen Schluck Wodka.

Der ranghöchste russische Offizier war als zweiter Redner dran. Er rühmte mit finsterer Miene die ruhmreiche Sowjetarme, was eher wie eine Drohung klang, erinnerte an den Sieg über den Faschismus und wünschte:" Na starowje, sa Druschbu", bevor er einen langen Zug aus dem Glas nahm. Was blieb uns übrig, wir tranken auch.

Während beider Reden hatte der Soldat, der

hinter mir stand, die Gläser wieder gefüllt. Das erschien mir denn doch unnötig, was ich ihm durch höfliches Kopfschütteln und Fingerzeig auf das Glas mitteilte. Aber er verstand mich nicht-schwapp: das Glas war wieder voll.

Der nächste Redner stand auf.Ich ahnte , womit die Rede endet und forderte den uniformierten Kellner nochmals eindringlich und flehend auf, mein Glas in Ruhe zu lassen. Vergeblich: schwapp, das Glas war voll.

Das höchste Zeichen russischer Gastfreundschaft ist , die Gläser der Gäste maximal zu füllen. Über dem Rand des Glases entsteht dann eine sogenannte Linse. Da dieses Kunststück nicht jeder Ordonnanz gelang, liefen bald die Gläser über, und auf dem Tisch breiteten sich ständig wachsende Pfützen von Wodka aus.

Nach der vierten Rede bedeckte ich in wachsender Panik das Glas mit der Hand. Mein dienstbarer Geist verstand immer noch nicht und goss mir den Wodka auf die Hand, bis ich sie wegzog: Schwapp, das Glas war wieder voll. Nun gab ich meinen Widerstand auf , nahm nach jedem Trinkspruch nur einen kleinen Schluck Wodka und zählte verzweifelt die Reihe der verblieben Redner. Bei der Anzahl Gäste, die alle ihre Grüße und Glückwünsche ausbringen wollten, zeigten aber auch viele kleine Schlucke Wirkung. Nur gut, dass es allen Gästen so erging. Eine fröhliche, alkoholisierte Stimmung zog ein. Die Katastrophe war nicht zu vermeiden, und das Unvermeidliche passierte auch.

Ein vierschrötiger Redner in der Uniform der Kampfgruppen der Arbeiterklasse stand auf und fixierte mit stierem Blick sein Glas in der ausgestreckten Hand. Er hatte den festen Willen, eine Rede zu halten. Aber Wunsch und Fähigkeit sind zwei verschiedene Dinge. Er schwankte nach vorn und zurück, öffnete und schloss den Mund wie ein Fisch auf dem Strand, stieß endlich einen Schrei aus und fiel nach hinten um, in die Arme seiner Ordonnanz. Die fröhlichen Gäste riefen im Chor: " Na Starowje, Sa Druschbu" .

Während dieses gut gemeinten Geleitspruches trugen zwei Soldaten den bewusstlosen Gast an die Tür und legten ihn liebevoll auf eine der ausgebreiteten Matratzen. Aha!

Der Schluss ist schnell erzählt, denn die restlichen Höhepunkte der Feier sind mir eigenartigerweise nicht mehr ganz klar im Gedächtnis geblieben. Ich erinnere mich nur noch daran, dass einige angeheiterte Offiziere meinem verzweifelten Fahrer die Autoschlüssel abnahmen. Unter Absingen russischer Kampflieder (z.B.: "durchs Gebirge durch die Steppe zog") drehten sie mit dem Moskwitsch einige Runden im Gelände .

Ich wurde in der Nähe meiner Wohnung wieder einigermaßen wach und begab mich zu Fuß auf den kurzen Heimweg. Es war am Nachmittag , das Tageslicht noch wirksam. Der Weg führte steil bergauf direkt in Richtung auf unsere Wohnung. Meine Frau konnte vom Balkon aus die letzten Meter meiner mühsamen Heimkehr erleben. Es gelang mir, die Wohnung zu erreichen. Die Nachbarn, die Zeuge dieser Meisterleistung wurden, haben weder Beifall geklatscht, noch Abscheu gezeigt. Vielleicht hatten Sie im Radio gehört, dass die Rote Armee den Prasdnik feiert.

Jahre später, als Michail Gorbatschow den durstigen Russen ein Alkoholverbot verordnete und damit den Zusammenbruch der Sowjetunion einleitete, fragte ich meinen Nachfolger im Amt, wie denn der letzte Prasdnik verlaufen sei. Er berichtete, dass der hohe russische Offizier seine Rede mit folgenden Worten schloss: " Genossen, wie ihr wisst, hat der große Vorsitzende Gorbatschow in seiner Weisheit beschlossen, dass wir hier in der Garnison keinen Alkohol trinken dürfen. Mein Freund, der Direktor von nebenan hat uns deshalb eingeladen, die Feier in seinem Betrieb fortzusetzen. Na Starowje, Sa Druschbu."

Die Affäre mit Kathrin

Der Anspruch auf einen bezahlbaren Urlaub war für alle Werktätigen der DDR verbrieftes Recht. Schließlich musste die Arbeitskraft reproduziert und die sozialistische Familie gestärkt werden. Die Ferienkommissionen der Gewerkschaften in Betrieben und Institutionen organisierten diese wichtige Aufgabe.

Wenn die Liste der verfügbaren Ferienplätze an die gewerkschaftlichen Vertrauensleute in den Abteilungen verteilt wurde, begann die ganze Firma wie ein Bienenstock zu summen. In den Büros wurde noch mehr privat telefoniert und geschwatzt als üblich. In den Werkstätten wurden die Pausen verlängert. Die Claims für den Jahresurlaub wurden abgesteckt .Statistisch gesehen hatte fast jeder Mitarbeiter die Chance auf zwei Wochen betrieblich finanzierten Urlaub. Garantiert waren allerdings nicht das Wunschziel zum Wunschtermin. Ferienplätze an der Ostsee, am ungarischen Plattensee und natürlich während der Schulferien standen ganz oben auf der Wunschliste. So wurden frühzeitig mit den Kollegen die Termine abgestimmt und Erfahrungsberichte ausgetauscht.

Wir waren in jenem Jahr bescheiden, und so hatte die Ferienkommission unseren Wunsch erfüllt: zwei Wochen Ferienhaus in Prenden bei Berlin, Selbstverpflegung und Endreinigung inklusive. Zwei Wochen Freizeit mit unserem 6-jährigen Sohn waren garantiert, mehr wollten wir nicht. Erfahrungsberichte gab es nicht , das Ferienhaus war neu im Angebot.

Nach vier Stunden anstrengender Fahrt im Trabant führte das letzte Stück Anfahrtsweg durch einen lichten Kiefernwald. Die Sonne kämpfte sich durch die Wipfel der Bäume, strahlte auf ihrem Weg Staub und Insekten an und zauberte tanzende Kringel auf den Boden. Dieser Anblick und der Duft nach Harz und modriger Walderde wecken in mir noch heute Urlaubsgefühle. Hinter einem hohen Zaun erstreckte sich ein gepflegtes parkähnliches Grundstück. Am Ende glitzerte das Wasser am Ufer eines Sees. Ein heller Kiesweg, gesäumt von blühenden Stauden, führte vorbei an zwei stattlichen alten Bäumen zu einer Villa .

Hinter dem Zaun stand ein massiver eingeschossiger Flachbau mit einladender Terrasse, offensichtlich unser gebuchtes Ferienhaus.

Das Knattern des Trabant, das Klappen der Autotüren oder die entzückten Rufe unseres Sohnes-die Ankunft war bemerkt worden. Eine stattliche Dame mit gepflegtem welligen Haar und ausladendem Busen, jenseits der 50, nahte mit sicherem Schritt. Sie strahlte eine kühle Distanziertheit und diese Art Selbstbewusstsein aus, das jeden Mann sofort in die Defensive schickt .

Der Willkommensgruß fiel frostig aus. In einer kurzen gesetzten Rede versorgte uns die stolze Eigentümerin mit Informationen und Regeln für unseren Ferienaufenthalt. Sie habe es eigentlich gar nicht nötig, dieses Schmuckstück von Ferienhaus an Fremde zu vermieten, sagte sie herablassend. Sie wolle aber gern Gutes für Familien aus dem fernen Sachsen tun. Ich kannte zwar die horrende Pauschalmiete, die unsere Firma im Voraus für die Feriensaison entrichtet hatte, nickte aber vorsichtshalber dankbar.

Unser Vormieter sei ein unangenehmer

Mensch gewesen , der sogar im Ferienhaus geraucht habe, klagte sie. (Regel Nummer 1: Rauchen verboten). Auch die Endreinigung habe sie beanstanden müssen (Warnung an meine Frau: Machen sie ordentlich sauber, ich kontrolliere).

Die Fabrik für Fleischverarbeitung an der anderen Seite des Sees sei bis 1972 Eigentum der Familie gewesen, was den Wohlstand mit Seegrundstück und Villa erklärte. In Zeiten des permanenten Mangels waren veredelte Fleischerzeugnisse hervorragende Tauschobjekte, mit denen sich eine DDR-Familie viele Wünsche erfüllen und ein weitreichendes Beziehungsgeflecht unterhalten konnte.

Die stolze Besitzerin informierte uns auch in geschickt eingeflochtenen Bemerkungen über ihren Freundeskreis, in dem sich mindestens ein Professor und mehrere Künstler (bekannt aus Funk und Fernsehen) befanden.

Wir hatten uns angewöhnt, an flüchtige Bekanntschaften Spitznamen zu vergeben. Unseren Sohn freute das, für seine Erziehung war das nicht gut. Wir tauften unsere bemerkenswerte Vermieterin, natürlich nur im Kreise der Familie, Frau Neureich.

Auf ihren morgendlichen Inspektionswegen,

die regelmäßig zur Frühstückszeit an unserer Terrasse vorbei führten , wurde Frau Neureich von einer Hundedame begleitet. Sie entstammte der stolzen Familie der Pudel und war auf den Namen Kathrin getauft. Frau Neureich rief sie aber nur liebevoll Trina. Man sagt, dass sich das Erscheinungsbild von Mensch und Hund in langjährigen Partnerschaften annähert. Bei Frau Neureich und Trina war dieser Prozess weit fortgeschritten. Beide traten immer perfekt frisiert auf und strahlten durch stolzen, aufrechten Gang, erhobenes Haupt und direkten Blickkontakt eine große Würde aus. Eine Leine, mit der Hundebesitzer gewöhnlich den Aktionsradius ihrer Haustiere begrenzen, Fluchtversuche unterbinden und durch gelegentliches Rucken ihre Macht demonstrieren, war zwischen Trina und Frau Neureich ebenso unnötig wie laute Befehle, Pfiffe oder gar Züchtigung. Die Beiden verband ein inniges, über Jahre gewachsenes Vertrauensverhältnis.

Trina entfernte sich, wenn überhaupt, nur wenige Schritte von der Seite ihrer Herrin. Dann schaute sie aber , um Verzeihung bittend, mit geneigtem Kopf zu ihr auf. Diese rührende Geste- Trina mit Blick schräg nach oben und die gütig lächelnde Frau Neureich im gleichen Winkel nach unten, gehörte zum einstudierten Ritual der Verständigung. Ansonsten kannte die Pudeldame die Wünsche und Pläne ihrer Begleiterin. Es hätte mich nicht gewundert, wenn Trina plötzlich mit menschlicher Stimme gesprochen und Frau Neureich zurück gebellt hätte. Wenn Frau Neureich Anweisungen an uns erteilte und ihre Stimme dabei eine Nuance strenger klang, straffte sich Trinas Körper, und es schien, als nickte sie bestätigend mit dem Kopf.

Sie kopierte an den ersten Tagen die kühle Distanziertheit ihrer Herrin und widerstand den Annäherungsversuchen unseres Sohnes. Nach einiger Zeit und morgendlichen Gesprächen zeichnete uns Frau Neureich durch ein gewisses Wohlwollen aus, was sich auf Trina übertrug. Sie ließ sich von Steffen streicheln und necken. Dabei erwachte langsam ihre Erinnerung an das eigene fröhliche Jugendleben. Sie begann schneller zu laufen, sprang ab und zu in die Höhe und versäumte immer öfter, die Erlaubnis von Frau Neureich einzuholen. Auch das fröhliche Bellen, anfangs noch ein leises Krächzen, probierte sie immer öfter. Ihre Besitzerin und mütterliche Freundin gestattete ihr dann täglich für eine Stunde das Spiel mit dem Jungen.

Eines Tages durfte uns die Pudeldame sogar an den See begleiten. Zum Mietvertrag für das

Ferienhaus gehörte auch die Benutzung des Bootssteges, allerdings nur zum Baden.

Trina war offensichtlich extrem wasserscheu. Sie beobachtete aufgeregt unsere Schwimmübungen und die Sprünge in den See. Den kleinen Wellen, die der Wind an das Ufer trieb, wich sie mit erschreckten Sprüngen rückwärts aus.

Kathrin hatte sich in den letzten Tagen von einer reservierten reifen Hundedame zu einem normalen Hund entwickelt, sollte sie tatsächlich nicht..? In mir reifte ein heimtückischer Plan. Als Kinder hatten wir oft mit Hunden am See gespielt und sie zum Apportieren von Stöcken in das Wasser geschickt. Mit Trina funktionierte das nicht. Die wohl erzogene Pudeldame nahm keine schmutzigen Holzstücke in das Maul und folgte diesen erst recht nicht in das Wasser. Wasserscheue Hunde hatten wir früher einfach gepackt und in das Wasser geworfen. Ein solch brutales Vorgehen kam für die stolze Trina nicht in Frage. Aber so zufällig, quasi aus Versehen...? Ich weihte nur meinen Sohn ein, der war begeistert. Dann konnte das heimtückische Projekt mit einem lockeren Waldlauf entlang des Seeufers gestartet werden. Trina lief ahnungslos mit großer Freude neben mir und schaute immer wieder vergnügt zu mir auf. Als ich das Tempo steigerte, blieb sie an meiner Seite. Dann startete ich einen schnellen Sprint und bog mit einer scharfen Wendung auf den Bootssteg ein. Ein kurzer Blick zurück. Trina hechelte einen Meter hinter mir, die Ohren vom Wind seitwärts abgespreizt wie das Höhenleitwerk eines Flugzeuges. Dann das Ende des Bootssteges. Nach einem flachen Kopfsprung tauchte ich rasch auf. Der Anblick, der sich bot, regte Gefühle an zwischen Schadenfreude und Mitleid. Trina hatte sich verzweifelt mit allen vier Pfoten an der Kante des Bootssteges festgekrallt , versuchte den Absturz zu vermeiden und wenigstens das Gleichgewicht zu halten. Mit verzweifeltem Blick, den Rücken zum Bogen gespannt, kämpfte sie gegen die unerbittlich nach vorn treibende Kraft. Schließlich verlor sie diesen Kampf und landete mit einem Plumps im Wasser. Mit hoch erhobenem Kopf, schreckgeweiteten Augen und hektischen Paddelbewegungen erreichte sie schnell das Ufer, schüttelte sich und rannte jaulend auf geradem Weg zur Villa. Unsere Freude war kurz und wich allmählich einem unguten Gefühl von bevorstehendem Ärger.

Am nächsten Morgen nahte das Unheil in Gestalt von Frau Neureich mit weit ausgreifenden Schritten. Kathrin fehlte. Unser schlechtes Gewissen hatten wir vorsichtshalber unterdrückt und eine unbeteiligte freundliche Miene einstudiert.

Wir waren auf Zorn und Verachtung im Gesicht von Frau Neureich gefasst, statt dessen zeichnete sich zu unserer Verblüffung Trauer und eine Bitte um Verzeihung ab. Sie sei von einem großen Unglück betroffen, klagte sie. Trina sei gestern pudelnass und völlig verstört nach Hause gekommen. Die Ursache kannten wir. Sie sei doch so wasserscheu und könne auch gar nicht schwimmen. Das wussten wir inzwischen besser. Auch in den letzten Tagen habe ihr Liebling erschreckende Verhaltensänderungen gezeigt. Daran waren wir nicht unbeteiligt. Der bekannte Professor, den sie angerufen hatte, vermutete eine schwere Erkrankung. Tollwutfälle waren in letzter Zeit bekannt geworden, und so empfahl der Professor prophylaktisch eine Quarantäne für Kathrin und eine Impfung für alle Beteiligten. Das gelte natürlich auch für die Familie Weise, bedauerte Frau Neureich zutiefst.

Mir war, als hörte ich eine Falle zuschnappen. Diese Entwicklung traf die ganze Familie, und ich fand mich im Fadenkreuz der Blicke. Meine Frau mit schwerem Vorwurf (das hast Du nun davon), mein Sohn mit Entsetzen (er hatte das Wort Impfung richtig verstanden).

Mein Managerhirn, darauf trainiert, Lösungsvarianten zu suchen, zu prüfen, zu verwerfen und zu optimieren, lief auf Hochtouren: 1. Einfach nach Hause fahren ohne eine Nachricht zu hinterlassen! Ausgeschlossen. Frau Neureich würde uns als potentielle Tollwutopfer von der Polizei suchen lassen. 2. Die Wahrheit beichten. Ausgeschlossen. Die Geschichte von dem hinterhältigen Tierquäler Weise würde jeder künftige Mieter des Ferienhauses erfahren und nach Hause tragen. 3. Impfen lassen, obwohl wir gesund sind. Ausgeschlossen. Steffen würde mich vorher verpetzen. 4. Abwarten. Diese typische Krisenlösung wurde beschlossen und erwies sich als erfolgreich.

    Nach zwei Tagen gab der bekannte Professor Entwarnung. Die Verhaltensänderungen des Pudels hatten sich im Verlauf der Quarantäne rasch zurück gebildet. Vielleicht ahnte Frau Neureich die Wahrheit, denn sie kehrte zur anfänglichen Distanziertheit zurück. Auch Kathrin, die wieder an ihrer Seite lief , zeigte kein Interesse mehr an unserem Sohn und dem fröhlichen Treiben der letzten Tage. Nur ab und zu traf uns ein vorwurfsvoller Blick aus ihren dunklen Augen.

    Der Urlaub ging zu Ende, die Abnahme der Endreinigung war ohne Kritik verlaufen, und wir fuhren nach Hause. Die Dankbarkeit, dass der liebe

Gott Mensch und Tier verschiedene Sprachen gegeben hat, erfüllt mich noch heute.

Pechvogel des Jahres

Die Schlagzeile stach mir in das Auge: " Pechvogel des Jahres gesucht". Unter diesem Titel warb ein Fernsehsender kurz nach der Wende für ein neues Abendprogramm. Wer sich als potentieller Pechvogel fühlt, sollte sich bewerben, ein etwas skurriler Wettbewerb. Eigentlich bin ich Optimist und hatte im Leben meist Glück. Aber die Erinnerung an ein turbulentes Wochenende war schmerzhaft wach. Mehr Pech , als ich an diesen drei Tagen erlebt hatte, konnte kein Anderer vorweisen. Die Aussichten, Gewinner zu werden, waren groß. Also bewarb ich mich mit diesem Bericht:

Wir schreiben das Jahr 1988. Die politischen Kräfte, die ein Jahr später die Wende herbeiführen sollten, sind in unserem trauten Erzgebirge noch nicht spürbar. Nur der tägliche Mangel in der Firma und zu Hause nervt und motiviert zugleich. Ich hatte den staatlichen

Verteilungsbehörden trickreich eine neue Schwerkraftheizung für unser Haus abgerungen. Die Freude ist groß, aber schon taucht ein neuer Mangel auf: Diese Heizung braucht als Brennstoff Koks, und ich muss mehr Platz für Kohlen im Keller schaffen. Ein unterirdischer Anbau muss sein..

Ende August gähnt ein Loch vor unserem Haus, mühsam mit Hacke und Schaufel in den lehmigen Boden gegraben. Ein junger Maurer aus unserer Firma unterstützt mich nach Feierabend, eine Baufirma steht nicht zur Verfügung. Ab einer Tiefe von einem Meter wird der Lehm unangenehm trocken und sehr hart. Zum Glück besitzt meine Firma einen Presslufthammer und einen zugehörigen Kompressor . Mit diesem Gerät werden wir morgen die geplante Tiefe von zwei Meter erreichen, wenn nichts dazwischen kommt. Diese Hoffnung wird sich allerdings nicht erfüllen.

Ich habe zwei Tage Urlaub genommen und erwarte sehnsüchtig eine Lieferung schwerer Betonsteine, mit denen wir die Grube ausmauern wollen. Kurz nach 10 Uhr taucht ein grobschlächtiger Fahrer auf und stellt mir in barschem Ton und ohne Gruß ein Ultimatum. Er habe 200 Steine auf dem Anhänger. Entweder ich lade diese sofort unten an der Bushaltestelle ab oder er nimmt sie wieder mit. Meine Zufahrt zum Haus, die er abenteuerlich nennt, wird er nicht benutzen, er sei ja nicht lebensmüde. Da gibt es zwar Entscheidungsspielraum, aber ich weiß, dass er am längeren Hebel sitzt. 200 Betonsteine, jeder 15kg schwer, habe ich dann nach ca.30min. neben dem Anhänger gestapelt- Schwerstarbeit. Der Fahrer raucht während meiner schweißtreibenden Tätigkeit mehrere Zigaretten, dann fährt er grußlos von dannen. Die Steine sollten dort nicht liegen bleiben, ich müsste sonst eine Nachtwache organisieren. Meine Muskeln protestieren, aber das Gehirn arbeitet auf Hochtouren. Nächste Improvisation: Ich borge den schweren Autoanhänger von Onkel Arthur, spanne meinen Trabant vor, wohl wissend, dass er damit gefährlich überlastet ist und transportiere die Steine mit mehreren Rundfahrten an die Baustelle. Das Wort transportieren zerfällt in "schnaufen" beim Anstieg auf der Johnsbacher Straße , "schlingern" auf dem abschüssigen Zufahrtsweg zu meinem Haus und "schleifen", bis das Gespann nach langem Bremsweg zum Stehen kommt. Der Trabant beweist wieder einmal, dass er ein universell einsetzbares Fahrzeug ist. Die 200 Steine hatte ich nach dieser Aktion drei Mal mit Muskelkraft bewegt.

Mit hoher Stimme ruft die Schwiegermutter aus dem Fenster zum Essen. "Nur noch den Anhänger zurückbringen" rufe ich zurück. Dann endlich ausruhen.

Die Realität ist anders. Ab diesem Augenblick

nehmen die gleichermaßen aufregenden wie schmerzlichen Ereignisse ihren Lauf. Die Anhängerkupplung am Trabant lässt sich vor Onkel Arthurs Garage nicht lösen. Ich muss mehrfach rütteln und als sie es dann doch tut, hat sich auch die Handbremse im Inneren des Autos gelöst. Der Vorplatz der Garage hat eine sehr leichte Neigung zur Straße, die sich im Kurvenbereich fortsetzt. Auf der anderen Seite der Straße ein kleines Stück Wiese, danach die Böschung vom Fluss: Das sind ca.15 Meter gerade leicht abschüssige Strecke. Während wir dem Trabant den Rücken zuwenden, setzt er sich sehr langsam, fast bedächtig, als würde er auf mein Haltesignal warten, in Bewegung. Mit einem eleganten Bogen kreuzt er die Straße, rollt zwischen zwei Bäumen auf die Böschungsmauer des Flusses zu, dreht sich langsam und kippt drei Meter in die Tiefe. Den letzten Blick auf das Heck meines Schmuckstückes erhaschen wir gemeinsam: der entsetzte Onkel, ich, der sprachlose Besitzer und drei Nachbarn, die auf dem Weg zur Arbeit sind. Ein dumpfer Ton, Stille, dann die entsetzte Frage: "Wessen Auto war das?" und meine trockene Antwort: " meines".

  Wir stehen auf der Mauerkrone und starren auf das traurige Ergebnis. Mein Trabant liegt auf dem Dach im sanft plätschernde Fluss, der nur wenig Wasser führt. Die Räder drehen sich noch langsam und ohne Ton. Wir klettern hinunter und stellen das Auto im Wasser auf. Erste Bestandsaufnahme: Die Höhe des Daches ist stark reduziert. Die Türen stehen offen. Ich nehme die Einladung an, quetsche mich seitlich hinein und starte den Motor. Er springt an- typisch robuster Zweitaktmotor-, und ich fahre quer durch das Flussbett zum anderen Ufer. Mehr geht allerdings nicht . Der Motor erstirbt mit einem leisen Gurgeln und ich stehe bis zu den Knien im Wasser neben dem Wrack im Sonnenschein der Mittagsstunde, den Blicken der Öffentlichkeit schutzlos preisgegeben. Die Zahl der Schaulustigen steigt ständig an, und immer wieder muss ich die gleiche Fragen ehrlich beantworten: "Wem gehört das Auto?" "Mir". "Wie konnte das passieren?" "Ich war ungeschickt".

Meine Frau bereite ich am Telefon schonend vor, bevor sie die Heimfahrt von ihrer Dienststelle antritt. Sie fragt nicht und kommentiert nicht. Sie legt wortlos den Hörer auf. Als der Zug dann eintrifft, geht sie den kurzen Weg vom Bahnhof durch die gaffende Menge, den Blick auf ein fernes Ziel gerichtet. Das Signal heißt: "Mit diesem Vorgang habe ich nichts zu tun!" Natürlich fährt auch der Bus vorbei, der meine Kollegen von der Arbeit bringt. Jedes Fenster auf der Seite zum Fluss ist mit mehreren Köpfen besetzt. In den Augen stumme Botschaften . In diesem Moment wird die spöttische Information geboren: Herr Weise hat eine Autowaschanlage in der Müglitz eröffnet. Ich trage die Demütigungen mit Fassung.

Einem Abschleppdienst gelingt es am Abend, mein Auto dem Fluss zu entreißen. Die gaffende Menge hat sich aufgelöst. Onkel Arthur schleppt mit seinem Wartburg den deformierten Trabant in die Garage. Ich muss allerdings lenken und bremsen in einer sehr unbequemen Haltung, denn der Abstand zwischen Sitzfläche und Dach beträgt nur noch ca. 30 cm., so dass mein Oberkörper seitlich aus dem Fahrzeug hängt.

Der Folgetag ist der Schadenbegrenzung gewidmet. Mein Gemüt hellt sich rasch auf. Die Kaskoversicherung tritt ohne Diskussion in den Schaden ein und verweist mich zur Abwicklung an die Bezirkszentrale. Die Autowerkstatt neben unserer Lauensteiner Firma stellt mir eine sogenannte Rohkarosserie in Aussicht, die die Bilanzorgane zu Jahresbeginn zugeteilt hatten. Der zuständige Entscheider auf Bezirksebene verzichtet großzügig auf mein Bestechungsangebot und gibt grünes Licht für den Wiederaufbau meines Autos. In dieser Hinsicht sollten sich die Dinge in den folgenden Wochen sehr gut entwickeln. Davon später mehr.

Für den Rest des Wochenendes wäre Besinnung mit einem Glas Wein angebracht gewesen. Aber nein, die Pechsträhne wird länger. Die beiden vergangenen Tage waren für das Projekt Kohlenkeller verloren. Wenigstens den Samstag kann ich retten und meine Stimmung aufbessern. So steige ich in die fast fertige Grube. Arbeit hat mich schon immer abgelenkt und auf gute Ideen gebracht. Der schwere und ungetüme Kompressor steht oben am Rand der Grube und liefert lärmend und vibrierend stoßweise Pressluft für den Hammer. Stück für Stück löse ich Lehmbrocken. Plötzlich sehe oder ahne ich über mir einen dunklen Schatten und hechte geistesgegenwärtig in die gegenüber liegende Ecke der Grube. Mit einem dumpfen Krach und einer heftigen Erschütterung landet der Kompressor neben mir. Dann Stille. Was war passiert? Neben zwei Rädern am hinteren Ende besitzt die Maschine ein drehbares Bugrad. Es ist sehr hilfreich für den Transport, in meinem Fall ist es Ursache für eine mittelschwere Katastrophe. Unter den ständigen Vibrationen hatte es sich ausgerichtet und die Fahrt des Kompressors direkt in die Grube frei gegeben.

Als mein Puls langsam wieder Normalwerte anpeilt, starte ich eine erste Inventur: Alle Knochen sind vollständig und funktionsfähig, der Kompressor ebenfalls. Er ist schließlich ein Leihstück aus meiner Firma und gehörte zu den Mangelwaren am Markt. Zu allem Unglück taucht der Onkel über mir auf. Ich ahne seine Frage und sage salopp. :"Das ist bequemer so mit dem Kompressor neben mir". Ich schwindele ihn eiskalt an, und er glaubt mir.

Das nächste Problem: Wie bringe ich den Kompressor wieder aus der Grube? Am Montag ist Rückgabetermin! 150 Kilogramm auf gleichem Weg nach oben hieven geht nur mit Kran, also aussichtslos. Über eine schiefe Ebene nach oben schieben? Denkbar, wenn mindestens vier Helfern anwesend sind. Nein! Der nächste Spott wäre mir sicher. Schwer atmend und lehmverschmiert kommt mir eine geniale Idee, die mich mit Stolz erfüllt. Ich breche mit Hilfe des Presslufthammers ein Loch durch die Grundmauer zum Keller und fahre den Kompressor auf seinen drei Rädern im Gang bis zum Hinterausgang und dann wieder in das Freie. Dort kann er am Montag problemlos abgeholt werden . Der Onkel staunt am Nachmittag, ahnt aber zum Glück die Wahrheit nicht. Ich habe bis heute auch keinem Menschen diese haarsträubende Geschichte erzählt.

Ein Jahr später, wir schreiben Frühherbst 1989, ist Zeit für eine erste Bilanz dieser drei Pechtage. Der Trabant steht als nagelneues Auto in meiner Garage. Die Versicherung hatte ein Konzept für die Reparatur. Die DDR- Realität schrieb es um. Mein Vorteil. Die gelieferte Karosserie war keinesfalls eine Rohversion sondern komplett bestückt. Warum, wusste niemand. Sie war sogar auf die Weiterentwicklung des Trabant 601 vorbereitet - Schrauben-statt Blattfederung. Nur passten jetzt Radaufhängung, Stoßdämpfer und Dreieckslenker aus meinem Unfallauto nicht mehr an die Karosserie. Die neue Version verlangte auch ein neues Bremssystem und die Sitze hatten eine geänderte Befestigung. Zu allem (Un) Glück hatte der Motor bei meiner Fahrt im Fluss Wasser gezogen und war korrodiert. Mit einem Augenzwinkern empfahl der Werkstattmeister einen neuen Motor, natürlich auf Kosten der Versicherung. Ich besaß also plötzlich einen neuen Trabant, dazu vier Räder, zwei Vordersitze, eine Rücksitzbank und weitere Bauteile. Die überließ die Versicherung zu meiner Verwendung .Das waren begehrte Ersatzteile, problemlos und gewinnbringend zu verkaufen. Der Erlös deckte die Kasko Selbstbeteiligung.

Ironie des Schicksals. Meine Freude währte nur kurze Zeit. Die Wende war da und führte zu einer drastischen Entwertung von Fahrzeugen der Type Trabant. Alle wollten plötzlich richtige Autos fahren.

Auch der Kohlenkeller wurde durch den politischen Wandel nutzlos. Die erste und einzige Füllung erhielt er im Herbst 1989. Während ich Kohlen schaufelte, riss meine Frau in kurzen Abständen das Fenster auf und informierte mich über den Ausschluss Günter Mittags und dann Erich Honeckers aus dem Politbüro .Ein Jahr später hatten wir die DM und den Zugriff auf eine moderne Ölheizung.

Mein treues , neues Unglücksfahrzeug erzielte

auf dem freien Markt einen Erlös von 500 DM. Der leere Kellerraum erinnert mich noch heute an ein turbulentes Wochenende im Jahre 1988.

Meine Bewerbung um den Titel "Pechvogel des Jahres" hatte allerdings keinen Erfolg. Andere Menschen hatten offensichtlich mehr Pech.

Warum nicht Gran Canaria?

fragt der freundliche Mann im Reisebüro. Es ist nasskalter November. Wir hassen diese Zeit zwischen dem wehmütigen Herbst und der süßen Verführung der Adventszeit und beschließen, für einige Tage gen Süden zu fliehen. Der Terminkalender ist leer. Keine Arzttermine , keine Enkelbetreuung, kein Jubiläum- Zeit für einen spontanen Zusatzurlaub. Aber wohin? Die Türkei kennen wir, Marokko hat bereits Saisonschluss, Griechenland unter dem Rettungsschirm ist uns zu ungemütlich. Warum also nicht Gran Canaria? Die Argumente überzeugen: Zwei Flüge pro Woche ab/an Dresden, Atlantik und Luft angenehm warm, kein Risiko mit Regen. Warum also nicht?

So reihen wir uns am Abflugtag in die Schar aufgeregter Senioren mit gleichem Reiseziel ein.

Hannelore ärgert sich wieder halblaut über nervöse Menschen, die ihre kompakten Koffer in die Gepäckablagen stopfen .Ich erwarte gespannt irgendwelche Probleme . Fehlanzeige. Weder Turbulenzen noch Verspätung.

In Las Palmas werden wir in ungewohntem Tempo und ohne Kontrollen durch das weiträumige Gebäude geschleust. Eine blau uniformierte Dame mit einem TUI-Schild steht wie ein Leuchtturm im Touristenstrom. Im Vorbeiflug drückt sie uns eine Mappe mit Unterlagen in die Hand.

Auf dem Weg vom Gepäckband bis zum Transferbus hat Hannelore einen Handkoffer stehen gelassen. Ich nehme die Spur auf und sehe ihn tatsächlich im Zollbereich , mitten in einer Gruppe fröhlich schwatzender Beamter . Mit forschen Zugriff und einem gebellten "Thats mine" melde ich meinen Besitzanspruch an. Verblüffte Reaktion auf der Gegenseite. Eine Uniformierte fragt fast schüchtern: "Dokument?" Pech für sie, die Ausweise hat meine Frau, und die sitzt im Bus. Ich antworte kurz und sachlich "No Dokument" und trete mit dem Koffer den Rückzug an, den Kopf eingezogen in Erwartung einer Alarmsirene oder eines Warnschusses. Nichts geschieht. Typisch südländische Schlamperei. In Deutschland wäre der Flughafen evakuiert und die

GSG 9 angefordert worden.

Der Vorfall hat mich gnädig gestimmt und so akzeptiere ich sogar, dass unser Zimmer im Hotel noch nicht zur Verfügung steht. Als wir es dann betreten -wow. Wir haben zwar Zimmer mit Meerblick gebucht. Das garantiert aber nur die Möglichkeit, unter vertretbaren akrobatischen Anstrengungen das Meer zu sehen. Wir dagegen haben 180 Grad unverbauten Blick auf den blauen Atlantik und eine Gruppe Palmen. Das ist Luxus pur und kostet nicht einmal Aufschlag.

Das Publikum im Hotel ist ruhig, gesittet und jenseits der 60. Kein Gedränge am Büffet, keine alkoholisierten Diskussionen, keine Russen. Nur eine empörte ältere deutsche Dame informiert Jeden, den sie festhalten kann , dass sie ein Zimmer im Erdgeschoß mit direktem Zugang zur Terrasse erhalten hat, obwohl sie doch ausdrücklich den 8. Stock gebucht hat. Kaum hätte sie zitternd und wütend unter Protest das Zimmer bezogen, sei ein stockfremder Mann durch die Terrassentür eingetreten. Ich wollte die aufgeregte Dame fragen, ob sie eventuell "all inklusive" gebucht hat .Ein warnender Blick meiner Frau hält mich zurück.

Wir gehen sofort unserem Hobby nach und sortieren die Gäste in unsere Erfahrungsmatrix ein.

Im babylonischen Sprachgewirr sind die Nationalitäten schwer zuordenbar. Eine typische Randgruppe, die dicken und lauten Damen mit ihren kleinen verschüchterten Ehemännern im Schlepp, fallen durch überladene Kleider, hochmodische Brillen und üppigen Busen auf. Die andere Randgruppe, klein, magersüchtig und nörgelnd, fehlt und genießt offensichtlich das miese Wetter in Deutschland . Einige Urlauber sind mit Unterstützung ihrer Krankenkassen angereist . Wir treffen einen Deutschen, der von Oktober bis März auf Gran Canaria lebt und dreimal pro Woche auf Kosten seiner deutschen Krankenkasse zur Dialyse geht. Eine kleine Wohnung abseits der Touristenströme für 390 € Monatsmiete und der preiswerte Einkauf in den Läden der Einheimischen sind von seiner Rente gut finanzierbar. "Europa macht`s möglich" sagt er uns stolz. Wenigstens einer, der mit der EU zufrieden ist.

Einige Gäste bekennen sich zur Gruppe der "All inklusives". Sie präsentieren stolz farbige Plastikbänder am Handgelenk und fühlen sich durch Rabatte und Zusatzleistungen deutlich privilegiert (man gönnt sich ja sonst nichts).

Den Morgen beherrschen die sportlichen Typen . Wenn wir uns gegen 8 Uhr aus dem bequemen Bett erheben, stehen sie bereits am Strand, bewaffnet mit zwei hochwertigen Stöcken, gerüstet zum Kampf gegen Rheuma und Gicht. Kopf, Brust, Bauch in gerader Linie, den stolzen Blick auf ein imaginäres Ziel fixiert, laufen sie im gleichen Rhythmus und mit federndem Schritt 100 m nach vorn und nach scharfer Wende zurück. Die sonnengegerbte, von Falten durchzogene Haut verrät, dass sie dieses Ritual täglich pflegen.

Während des Frühstücks werden die Claims am Pool abgesteckt. Obwohl nur wenige Gäste tatsächlich darauf ruhen wollen, sind fast alle Liegen mit Badetüchern oder Büchern okkupiert. Einzelplätze sind immer verfügbar. Die Gefahr, die Nachbarn links und rechts kennenzulernen, ist gering. Am Abend sind dann die Badetücher wie von Zauberhand verschwunden.

Eine gut ausgebaute und saubere Promenade mit blitzendem Edelstahlgeländer (wird sogar alle zwei Tage geputzt) verbindet die benachbarten Strände und lädt zum bequemen Spaziergang ein.

Wenige Straßenmusikanten belästigen die Flanierenden, dafür umso mehr afrikanische Verkäufer für Sonnenbrillen, die immer in Richtung meiner Frau rufen:" Oh, feine Mama". Als wenn ich das nicht selbst wüsste. Trickreiche Immobilienmakler lauern auf unvorsichtige Kunden. Auf die Fangfrage : "Sie sind doch Deutsche" antwortet meine Frau frech "Nein, Tschechen". Das hätte sie besser nicht getan. Der Verkäufer ordnet uns sofort als Ostdeutsche ein, verkneift sich aber den Hinweis auf den Solidaritätszuschlag.

Alle 100 m empfangen gut genährte und gepflegte Katzen ihre Streicheleinheiten von den Touristen. Polizisten sorgen mit ihrer Präsenz für Ordnung.

Etwas abseits von der Promenade locken festungsartige mehrstöckige Verpflegungseinheiten hungrige, durstige oder einfach nur gelangweilte Touristen. Deutsche, schweizerische , niederländische, schwedische Bars werben mit heimischer Küche und deutschem Bier. Wie schmeckt eigentlich schwedisches oder schweizerisches Bier? In diesen Bars wird das Nationalgefühl gepflegt, man kennt sich. Eine lärmende deutsche Stammtischrunde bewertet nebenan Frau Merkel und den Euro, wundert sich, dass Sachsen in der Wohlstandsbewertung gleich hinter Bayern kommt, preist den Nordhäuser Doppelkorn und bedauert, dass Luzie ihren Laden geschlossen hat. Wer ist Luzie?

Die Einheimischen verstecken sich hinter Küchentheken, Dienstuniformen und Buslenkrädern. Ansonsten sind sie unsichtbar. Nur die Dienstleister fallen auf, ich nenne sie homo canaris servicus. Ob Kellner, Straßenkehrer oder Zimmermädchen, sie sind kontaktscheu, ernst und arbeiten mit hektischen Bewegungen .

Ein Bummel führt uns eines Tages ohne Plan nach Playa de Ingles, eine Kleinstadt mit der höchsten Dichte hässlicher Appartementanlagen. In einer typischen Straßenbar (natürlich deutsches Bier) studiere ich zwei Angehörige dieser Gattung . Wir haben kaum Platz genommen, naht der Kellner, den Oberkörper schräg nach vorn gebeugt, wie ein Flugzeug auf der Startbahn. Er bremst scharf an unserem Tisch und sieht mich mit gespannter Miene an, in der Hand ein Gerät, ähnlich einem Smartphone. Keine freundliche Begrüßung, keine Frage nach meinem Wunsch. Ich behandle ihn wie einen unhöflichen deutschen Kellner und erwidere ohne Worte seinen leeren Blick. Dieses Duell dauert höchstens zwei Sekunden, dann startet er wieder durch. Auf seinem Rücken kann ich lesen:"Wenn Du dann weißt, was Du willst, komme ich wieder". Nach einer Minute steht er wieder grußlos an meinem Tisch. Ich kapituliere und gebe meine Bestellung auf. Die tippt er zeitgleich in sein Gerät und enteilt wortlos. Wenige Minuten später läuft ein weiterer Servierer durch die Reihen. In der Hand balanciert er ein volles Tablett. Während des Anfluges studiert er einen Zettel , der offensichtlich das bestellte Sortiment und die Zieladresse enthält. Mit verblüffender Präzision lädt er an den Tischen die richtigen Speisen oder Getränke ab. Der erste Kellner stoppt dann wieder bei mir ,als ich ihm mit Daumen und Zeigefinger meinen Wunsch nach der Rechnung andeute. Aus einem kleinen Kasten an seiner Hüfte quält sich ein Papierstreifen hervor, der in einer kleinen Schale auf meinem Tisch landet. Der Kellner ist bereits weitergeeilt. Kaum habe ich einen Geldschein darauf platziert, ist die Schale verschwunden und taucht kurz darauf mit dem vollen Wechselgeld wieder auf. Das Trinkgeld lasse ich liegen. Gelegenheit für einen Vergleich mit einem deutschen Gaststättenbesuch: Spanische Kellner sind nicht kommunikativ, dafür aber schneller und sehr zuverlässig. Dass ich mich für die Höhe meines Trinkgeldes während seiner Anwesenheit am Tisch nicht rechtfertigen muss, empfinde ich als ausgesprochen angenehm.

      Diesen Typ Kellner haben wir oft getroffen, mit einer Ausnahme. Angekündigt war für diesen Tag ein Generalstreik. Wir sahen dann auch eine kleine Gruppe Menschen mit einem bemalten Bettlaken an der Straßenecke. Sie übten mit Kuhglocken und Pfeifen eine Variante des schweizerischen Almabtriebs. Ansonsten war es ruhig. Im Strandlokal umschwirrten uns unbekannte Kellner, behinderten sich gegenseitig und machten alle Fehler, die möglich waren. Bestellungen wurden nicht, verspätet oder falsch angeliefert. Das Gleiche passierte mit den Rechnungen. Wahrscheinlich hatten die Stammkellner gestreikt und die Stadtverwaltung ihre Beamten delegiert, um die Versorgung der Touristen nicht zu gefährden.

Wir wollen an den Folgetagen dem Getümmel der Strände entkommen und fahren mit dem Mietwagen einige Kilometer auf der Küstenstraße . Starker Verkehr, drängelnde Taxis, rechts und links steile schwarze Felsen - auf der einen Seite nach oben, auf der anderen nach unten- dazwischen öde Geröllhalden. Jede Bucht, die sich mit etwas Phantasie zum Strand erklären lässt (spanisch playa) ist mit Hotelburgen und Appartementanlagen zugepflastert. Bis zu 20 Etagen hoch krallen sich uniforme Ferienwohnungen terrassenförmig an den Felsen . Viele von ihnen stehen als Bauruine und klagen mit leeren Fensterhöhlen an. Die spanische Immobilienblase lässt grüßen.

Als dann Gelegenheit zum Abbiegen in das Innere der Insel kommt, öffnet sich eine wunderbare

Welt. Enge, steile, aber gut ausgebaute Straßen kämpfen sich am felsigen Hang in Serpentinen empor in eine fast unberührte Landschaft. Die Farben der Felsen wechseln von drohendem Schwarz in Rubinrot, Ocker und Hellgelb. Die Vegetation wird mit steigender Höhe vielseitig. Sträucher mit kleinen gelben oder weißen Blüten, Palmenhaine in tiefen Tälern und ab 1000 m Meereshöhe sogar Kiefern wechseln sich ab. In den kleinen Dörfern mit weiß , ocker oder rot bemalten Fassaden blühen Oleander, Storchschnabel und Roseneibisch.

Die täglich über dem Meer aufziehenden drohend schwarzen Wolken halten sich nur wenige Stunden über dem Strand und hüllen dann die höchsten Erhebungen der Insel ein. Bei dieser Gelegenheit spenden sie Feuchtigkeit in Form kleiner Tropfen. So gedeihen selbst auf schwarzem vulkanischen Sand in einer Höhe von 1600 m Obstplantagen.

Viele kleine Bars am Straßenrand sind auf die Touristenströme eingerichtet und verkaufen frisch gepressten Orangensaft zum deftigen Preis. Als wir eine Bar abseits der vom Reiseführer empfohlenen Routen finden, sind wir von dem enormen Preisgefälle und der originellen Einrichtung überrascht. Der Besitzers war offensichtlich Pferdenarr.

Sattel, Zaumzeug und Bilder edler Pferde füllen die Wände.

Das zentrale Familienfoto zieht den Blick der Besucher an. In die Gruppe mit Eltern, Großeltern und Kindern wurde das preisverdächtige Hausschwein integriert. Ein Schild informiert, dass es 1958 stolze 290 kg auf die Waage brachte.

Die Kommunikation der einheimischen Gäste fasziniert uns. Vokale und Konsonanten werden in atemberaubendem Tempo aneinander gereiht und von dem Gegenüber sogar verstanden.

Das Autofahren lernt man bei diesen Ausflügen neu. Die Ermahnungen meines Fahrlehrers "Vorausschauend fahren und Bremsbereitschaft herstellen" klingen mir ständig im Ohr. In engen Kurven Felswand, Leitplanke, Rückspiegel und drohenden. Gegenverkehr im Blick zu haben und gleichzeitig zu schalten ist eine echte Herausforderung. Ich buchstabiere immer das Wort Serpentine, um nicht aus dem Rhythmus zu kommen. Gott sei Dank haben wir Vollkaskoversicherung ohne Selbstbeteiligung abgeschlossen.

Warum erhalten eigentlich Touristen, wenn sie ohne eigene Anstrengung den Polarkreis überqueren, eine Urkunde? Autofahrer auf Bergstraßen auf Gran Canaria gehen dagegen leer aus.

Außer uns sind noch andere Verkehrsteilnehmer unterwegs, Fahrradfahrer, die sich ohne abzusteigen auf die Bergeshöhen quälen. Der ganze Körper erscheint als gebündelter Wille zum Durchhalten und schlecht beherrschtem Schmerz. Als Autofahrer mit leichtem Übergewicht verschafft uns dieser Anblick ein schlechtes Gewissen .

Welch ein Gefühl, wenn dann die Passhöhe erreicht ist. In den Genuss der atemberaubenden Aussicht schleicht sich aber schnell die ängstliche Vorahnung auf die Rückfahrt, denn jetzt geht es abwärts. Begleitet von den spitzen Schreien meiner Frau, die mir die nächste Kurve signalisieren, kämpfe ich mich Kilometer um Kilometer, Kurve um Kurve in Richtung Küste. Zum Glück begegnet uns kein Bus.

Einheimische Autofahrer sind sogar in der Lage, auf solchen Strecken zu überholen. Sie fahren kurze Zeit dicht auf und signalisieren damit freundlich, dass das große Ereignis bevorsteht. An der nächsten, nur wenige Meter langen Geraden, geschieht es dann. Ein kurzer Hupton, und schon schießt der Gegner vorbei, bevor ich erschrecken kann. Es ist makaber, aber die ARD hat soeben ihre Themenwoche " Leben mit dem Tod" gestartet, und wir fühlen uns mittendrin.

Doch spätestens nach dem dritten Ausflug in die Berge macht das Autofahren Spaß und auch Hannelore genießt stumm die Kurven.

Dorfbewohner treffen wir selten, nur in Gestalt von Puppen im Freilichtmuseum. Der junge Mann am Einlass informiert uns mit flehendem Blick über den Eintrittspreis: zehn € pro Person. Eine Gruppe Touristen aus Bayern macht schimpfend einen Rückzieher. Ich rechne ihnen vergeblich vor, dass zehn € der Gegenwert für zwei Liter spanischen Bieres ist. Verglichen mit dem Preis auf dem Oktoberfest ein echtes Schnäppchen.

Die Schau überrascht uns mit einer spektakulären Aussicht auf große Teile der Insel. Die Informationen über die Lebensweise der ursprünglichen Canaren, die ihr Leben noch ohne Touristen fristen mussten, sind lehrreich. Etwas weiter oben im Gebirge stoßen wir auf eine antike Begräbnisanlage . Der Weg führt durch ein sehr ursprüngliches, aber bewohntes Dorf. Eine Informationstafel gibt freizügig Auskunft darüber, dass es hier früher größere Probleme mit Inzucht gab. Kein Wunder bei dieser Abgeschiedenheit. Beispiele bekommen wir nicht zu sehen, nur ein paar schmutzige Hühner. Das moderne, wahrscheinlich mit EU-Mitteln gebaute Empfangsgebäude vor dem Gräberfeld ist geschlossen.

Darauf hatte uns aber der Marco Polo Reiseführer schon vorbereitet. Eine Tafel informiert, dass die Verstorbenen früher in Hockstellung beerdigt und weiter in das Gemeindeleben einbezogen wurden. Viel Raum für Phantasie.

Begräbniskulturen interessieren uns immer auf unseren Reisen. So folgen wir auch dem Schild "Cementorio" nahe einer größeren Stadt . Der felsige Boden auf der Insel lässt eine Erdbestattung nicht zu, Verbrennen der Verstorbenen scheint nicht üblich. So finden wir auch hier die sogenannten Kolumbarien, die wir schon auf Sizilien, Mallorca und in Portugal bestaunt haben. Die Toten werden in gemauerten Schubfächern aufbewahrt. Bis zu vier Etagen übereinander und in Reihen mit bis zu 20 Fächern ruhen hier die Verstorbenen. Es sieht aus wie ein Hochregal. Die Fächer sind nur mit einer Platte verschlossen, die über Namen, Geburts- und Sterbedaten informiert. Arme und Reiche, Angesehene und Unscheinbare liegen hier nebeneinander, im Tode gleich. Neben der Platte sind kleine Vasen angebracht, die Blumenschmuck aufnehmen. Keiner hat hier die Chance , seinen Nachbarn zu übertreffen. Das ist die ökonomisch und ökologisch beste Form, mit dem Tode und den Toten umzugehen. Kurioses gibt es dabei auch. In Portugal erzählte uns eine Reiseführerin, dass eine Dame das für sie zu Lebzeiten reservierte Regalfach empört gekündigt hat. Der verhasste und kürzlich verstorbene Nachbar wurde wenige Zentimeter daneben bestattet. So viel Nähe nach dem Tod wollte sie denn doch nicht. Daheim steht auf vielen Grabsteinen "Die Liebe höret nimmer auf" - der Hass offensichtlich auch nicht.

Das Klima auf Gran Canaria ist übrigens sehr angenehm. 25 Grad in der Luft, 21 Grad im Meer, Sonne und Wolken, die jedoch ihr Wasser Richtung Gebirge mitnehmen.

Der Alltag zieht mit seiner Routine aus Frühstück, Baden, Imbiss, Spaziergang, Abendessen ein. So geht der Urlaub langsam zu Ende, die Cocktails schmecken auch nicht mehr so gut wie am ersten Tag, und wir bereiten uns auf die Heimreise vor. Wir nehmen eine interessante Erfahrung mit.

Falls Sie Ihren Urlaub noch nicht geplant haben- warum nicht mal Gran Canaria?

Drama für eine Großmutter, drei Enkel und drei Köche

Dieser Dienstag beginnt mit Sonnenschein pur. Termine bei Arzt, Friseur oder Kosmetik sind nicht gebucht. Kurz entschlossen fahren wir am Vormittag zum Leipziger Zoo. Wenige Besucher, angenehme Temperaturen. Das verspricht einen entspannten Tag..

Ein mächtiger Lindenbaum spendet Schatten und einen unvergleichlichen Duft. Wir genießen auf einer Bank das Gezwitscher der Vögel über uns.

Wenige Meter entfernt hat soeben einer dieser typischen Versorgungsstützpunkte geöffnet. Hinter der langen Theke mit einer modernen Registrierkasse steht ein älterer Herr im weißen Kittel. Hinter ihm, an einem blitzenden Block mit allerlei Geräten und Behältnissen erwarten drei Köche in strahlend weißer Dienstkleidung mit gespannten

Mienen die Gäste des Tages. Eine ältere Frau nähert sich. Um sie herum wuseln drei Kinder, offensichtlich ihre Enkel. In dieser friedlichen Atmosphäre bahnt sich ein typisches Drama an.

Oma (ruft): Hallo Kinder, hier ist eine Gaststätte. Wollt ihr etwas trinken oder essen?

Enkel (schreien): Hurra

Verkäufer: Was darf es denn sein?

Oma: Was wollt ihr essen?

Enkel:(einstimmig): Pommes

Oma: Drei Portionen Pommes und ein Stück Kuchen

Verkäufer (ruft nach hinten): Drei Mal Pommes und ein Stück Kuchen

Koch 1: Mit Ketchup oder Majo?

Verkäufer: mit Ketchup oder Majo?

Enkel eins und zwei: Ketchup

Enkel drei: Majo

Verkäufer(nach hinten): Zwei Mal Ketchup , einmal Majo

Koch eins gibt Ketchup auf die Pommes, Koch drei quetscht Mayonaise aus einer großen Plastikflasche

Koch zwei (ruft von hinten): Mit Sahne?

Enkel zwei (ruft): Ich mag keine Sahne

Oma: Still, das ist doch für meinen Kuchen. Mit Sahne bitte.

Enkel zwei: Ich will aber lieber Majo.

Koch zwei (irritiert): Ja was denn nun?

Verkäufer (leicht genervt): Gib ihm Majo

Koch zwei wirft die Pommes mit Ketchup in den Abfall und macht Pommes mit Majo

Verkäufer (der Ton wird rauer): Und zu trinken?

Oma: Einen Kaffee. Was wollt ihr trinken?

Enkel (einstimmig): Cola

Oma: Nein, Kinder dürfen keine Cola trinken. Trinkt Limonade. Die schmeckt und ist gesund.

Enkel eins: Na toll. Ich hasse Limonade.

Enkel zwei: Bei Papa dürfen wir immer Cola.

Verkäufer. Ja was denn nun?

Oma (in strengem Ton): Drei Mal Limonade.

Enkel eins (trotzig): Dann will ich auch keine Pommes.

Enkel zwei und drei: Ich auch nicht.

Enkel drei: Die blöden Tiere will ich auch nicht sehen.

Die Diskussion dauert noch einige Minuten. Dann zahlt Oma und setzt sich erschöpft an den Tisch; die Enkel balancieren zufrieden eine große Portion Pommes und eine Flasche Cola light. Die Oma erholt sich langsam und verweigert jeglichen Blickkontakt zu dem Verkäufer. Der vergleicht mit verkniffener Miene hinter der Theke immer wieder die Stornos und Neubuchungen auf dem Kassenbeleg . Drei Köche warten neben einem Abfallbehälter mit Pommes, Mayonaise und Ketchup . Für sie hat ein ganz normaler Arbeitstag begonnen.

Dies ist ein Notfall

Der Wind treibt Schneeflocken im dichten Wirbel über das Feld. Kein Wetter zum Schilaufen. Gegen unsere Gewohnheit schalten wir am Nachmittag den Fernseher im Hotelzimmer an. Eine sonore Stimme aus dem Studio des Südwestfunk weckt meine Fantasie.

2. Februar 2014. "Auch das gibt es": Ein dürftig bekleideter Mann betrat in der Nacht ein Polizeirevier und bat um eine Zigarette. Er erklärte, dass er sich das Rauchen abgewöhnen wollte. Seine Frau habe ihm daraufhin Zigaretten und Geld weggenommen. Eine Zigarette erhielt er nicht. Die Beamten fuhren ihn nach Hause.

Was trieb diesen Mann so zur Verzweiflung? Allein der Appetit auf eine Zigarette kann es nicht gewesen sein. Was dann? In meinem Kopf reift eine Geschichte.

Die Leuchtreklame vom Kino gegenüber zaubert farbige Muster auf die Decke des Schlafzimmers. Immer hatte dieses Lichtspiel für einen sanften Schlummer gesorgt. Heute findet Martin keinen Schlaf. 171-172-173, Hinter seiner Stirn springen schwarze und weiße Schafe im Takt über den Zaun . Der Schlaf kommt trotzdem nicht. Die Gedanken kreisen:"Was habe ich nur gestern angerichtet?" 174-175-176. "Warum dieser sinnlose Satz ?" Isabell neben ihm schläft tief, ein glückliches Lächeln spielt um ihren Mund. Zwischen den leicht geöffneten Zähnen pfeift sie stoßweise ihre Genugtuung heraus. 177-178. "Sie hat mich wieder einmal manipuliert, nein behext". Zwischen die springenden Schafe drängt sich das Bild eines Scheiterhaufens. In den Flammen ,an einen Pfahl gefesselt, Isabell.

"Nein, das halte ich nicht aus" Panik ergreift Martin. "Ich brauche eine Zigarette." Die Phantasie narrt ihn und steigert seine Pein. Der Tabakduft, der kräftige Zug-die Lunge füllt sich bis in die unteren Spitzen mit dem aromatischen Rauch- das Gefühl von Ruhe, Harmonie, Glück zieht ein- wenn er eine Zigarette hätte.

Er hätte es wissen müssen, er kannte Isabells Talent zum Manipulieren. Schon vor zwei Jahren die Sache mit dem spontanen Heiratsantrag. Klar war Liebe zwischen ihnen, aber ruhig und ohne Verpflichtung, stillschweigend vereinbarte Individualität, getrennte Wohnungen mit Rückzugsraum, wöchentlich gepflegter Sex, spontan oder nach Kalender. Heirat war nie ein Thema. Isabell hatte es nie angesprochen. Martin kam es auch nicht in den Sinn. Seine Arbeit als Anlagenmechaniker , die Freunde im Verein und eben dieses lockere Verhältnis mit Isabell - er empfand so etwas wie Glück.

Isabell betrieb eine erfolgreiche Agentur für Vermögensberatung und Finanzdienstleistungen. Ihr Bücherschrank war voll von Fachliteratur über Kommunikation und Analyse der Persönlichkeit. Sogar die Standardwerke von Sigmund Freud waren präsent. Für Martin war das eine fremde Welt, Gespräche über die Arbeit vermieden beide. Dann bemerkte er dieses selige, wehmütige Lächeln auf Isabells Gesicht, wenn sie eine Hochzeitskutsche sahen. Immer öfter hielt sie am Schaufenster mit den Trauringen an . Er wollte vorbei laufen aber Isabell zog ihn zurück und fragte hinterhältig: "Welcher gefällt Dir?" Dann schlich sich in ihre Gespräche immer wieder der Hinweis auf gemeinsame Bekannte oder Kunden ein , die endlich glücklich verheiratet waren. Martin wurde immer noch nicht misstrauisch. Dann plötzlich hing dieser Satz im Raum:" Willst Du vielleicht auch heiraten?" Nein, Martin wollte das nicht sagen. Die Frage war rein hypothetisch gemeint. Isabell griff die Steilvorlage sofort auf und hauchte mit einem glücklichen Lächeln über die Schulter. "Ja". Rückzug war undenkbar.Dann ging alles ganz schnell: Sie bestellte das Standesamt, das Essen im kleinen Kreis, die Auflösung seiner Wohnung.

Unverzüglich, wenn auch sehr vorsichtig , begann Isabell die Demontage seiner Individualität. Verbote, Strafen, sonstige Restriktionen hatte sie nicht in ihrem Waffenschrank. Dafür kleine Gesten, Bitten, Vorschläge, die sie im richtigen Augenblick platzierte. Martins freiwilliger Verzicht wurde von ihr sorgfältig vorbereitet,. Ein Blick in ihren Bücherschrank hätte ihn warnen müssen:

Da war das monatliche Essen mit den Freunden im Roten Ochsen. Das war langjährige Tradition. Ein besonders großes und besonders fettes Eisbein , Bier, Männerwitze, Lachen. Martin genoss es.

Isabell traf sich alle vier Wochen mit befreundeten Kunden im Gourmettempel am Markt. Sie schwärmte für das Entrecote parisienne mit dem gedämpften Babyspinat, französischen Rotwein und

Gespräche über Mode.

Sie betonte immer wieder ihre Bemühungen um Gleichberechtigung, zumindest am Anfang. Nach der Hochzeit vereinbarten sie, gemeinsam zu genießen, einmal im Monat Roter Ochse, einmal Gourmettempel. Anfangs amüsierte sich Martin mit den Freunden, wie Isabell das Eisbein sezierte, mit spitzem Besteck und leicht geekeltem Gesichtsausdruck. Fette Teile stapelte sie am Tellerrand. Bier ließ sie demonstrativ stehen und trank Mineralwasser aus der Region. Ihre bevorzugte französische Marke war nicht auf der Karte. Mit der Zeit störte ihn das Fett am Fleisch auch, ehrlich. Die gewohnten Männerwitze waren natürlich tabu, das Lachen wurde leiser und seltener, die Freunde blieben nach und nach weg. Für Isabell war die Zeit reif. Sie bestellte eines Abends konsequent: " Ich möchte künftig das Eisbein ohne Fett und medium zubereitet". Der Blick des Obers triefte vor Mitleid. Seitdem aßen sie einmal im Monat das Entrecote am Markt. Beim Anblick des blutigen Innenlebens musste Martin immer an die Störung der Totenruhe denken .

Die Beiden näherten sich auch in anderen Gewohnheiten an, bis Martin allmählich ihren Lebensstil übernommen hatte. Bewusst wurde ihm das noch nicht.

Martin liebte Kino. Die Vorfreude, das Gewusel in der Kassenhalle, der Geruch von Popkorn, das spontane kollektive Lachen oder Weinen, die Freiheit, Popkornreste auf den Teppich zu werfen. Isabell ging einige Male mit. Dann buchte sie Nachmittagsvorstellungen, die wenig besucht waren. Auf dem Heimweg hatte sie dann die schonungslose Analyse des Films eingeführt: Bildungsziel, Dialoge, Kameraführung, Regiefehler. Den Film "Keinohrhasen" hatten ihm die Freunde warm empfohlen. Martin hatte so herzlich gelacht. Aber nach der Analyse stimmte er auch für das Prädikat " Schrott".

Eines Tages rief Isabell: "Augen zu-Augen auf- Überraschung." Im Wohnzimmer, fertig installiert, ein Heimkino, vom Feinsten. Zur Einweihung am Abend gab es Popkorn in einer Schale. Auf Martins Knie legte sie ein weißes Tuch: "Wegen der Brösel" säuselte sie.

Martin liebte Isabell und war auch treu. Es gab nur eine unbedeutende Affäre, nach der Betriebsfeier. Elfie schleppte jedes Jahr einen Kollegen in ihr Bett. Diesmal war er dran. Am nächsten Morgen beichtete er Isabell sofort mit ein wenig Trotz . Sie nahm es ungerührt zur Kenntnis, kontrollierte aber ab sofort seine Unterwäsche. Nicht offensichtlich, aber so, dass er es bemerkte.

Er ahnte, der Angriff auf die letzte Bastion

seiner Individualität, das Rauchen, war fällig. Sie begann sanft mit der täglichen Kontrolle der Zigarettenschachtel. Danach die Standardsätze : " Du rauchst zu viel", "dieser Husten kommt nur vom Rauchen"." Der Meier im Nachbarhaus ist gestorben, weißt Du, der, der immer geraucht hat." Standhaft ignorierte Martin diese spitzen Pfeile , verletzt haben sie ihn doch. Nach den seltenen Abenden mit den Freunden im Verein beförderte Isabell seine Kleider sofort an die Waschmaschine, wortlos, mit spitzen Fingern, angeekelt. Seinen Raucherstammplatz hatte sie auf dem Balkon eingerichtet, vom Wetter unabhängig. "Bitte bleib nach dem Rauchen noch zehn Minuten draußen", bat sie jedes Mal.

Auch der spontane Sex, den sie so geliebt hatten, wurde in die Entwöhnungsstrategie einbezogen. Wenn seine Flamme schon brannte und er die Funken in Isabells Augen sah, flüsterte sie ihm ins Ohr " bitte erst Zähne putzen". Vermutlich hatte sie die Zahnpasta präpariert, denn danach war seine Glut erloschen. Natürlich ärgerte ihn dieser unfaire Kampf , aber aufgeben wollte er dieses Mal nicht.

Dann kam dieses Gesetz. Isabell triumphierte. Wenn sie gedemütigte Raucher frierend vor der Gaststätte sahen, schaltete sie das Auto genüsslich in den ersten Gang. Sie hätte auch dafür gestimmt, dass Raucher mit einem gelben Abzeichen gezeichnet würden.

Der ständige psychische Terror zeigte dann doch Wirkung bei Martin. Irgend eine Stellschraube in seinem Gehirn war gelockert , anders war der fatale Satz gestern nicht zu erklären.

Isabell hatte die Silvesterfeier gebucht, das Menü ausgewählt und zwei Paare an ihren Tisch eingeladen: einen Lungenspezialisten mit seiner plappernden Gattin und einen Stadtrat, beide Nichtraucher. Sie gehörten zu Isabells Kunden und waren Bestandteil ihrer Strategie. Der Abend verlief ganz nett, man hielt sich mit anzüglichen Sprüchen zurück.

Kurz vor Mitternacht, Martin kam von einer Rauchpause zurück, sagte der Lungenspezialist: " Die EU plant, auf die Zigarettenschachteln schockierende Bilder zu drucken. Die warnenden Texte waren sicher ohne Wirkung." " Die meisten Raucher sind ja doch Analphabeten" plapperte seine Frau ." Dumme Kuh!" dachte Martin mit höflichem Lächeln."Wollen Sie nicht einmal zu mir kommen?" legte der Arzt nach." Ich könnte ihnen die Originalpräparate zeigen". Das saß. Martins Ärger stieg. Gott sei Dank , der Jahreswechsel mit Zählen, Anstoßen und feuchtem Routinekuss erlöste ihn. Aber es war längst zu spät. Irgend Jemand stellte die übliche Frage:"Was habt ihr euch denn vorgenommen?". "Ich höre auf zu rauchen". Nein! Martin wollte das ironisch und trotzig sagen, als Scherz.. Isabell jauchzte auf: "Wie wunderbar, Du machst mich so glücklich" rief sie. Die Glückwünsche der gesamten Tischrunde deckten ihn zu. Seine Frau bezog sofort die Nachbartische ein und nutzte unverschämt seine versehentliche Steilvorlage. Die Kapelle spielte einen Tusch, Isabell hatte das bestimmt schon vorher bestellt. Martins Schock löste sich in der Umarmung unbekannter Menschen. Mit teuflischem Lächeln konfiszierte Isabell seine Zigaretten." Die brauchst Du ja jetzt nicht mehr."

Der Heimweg mit dem Taxi verlief wortlos. Isabell gönnte ihm die Zeit, die Niederlage zu verdauen, und ging sofort zu Bett. Martin wachte gegen Mittag mit rasenden Kopfschmerzen auf. Verzweifelte Suche nach einem Ausweg . Hatte er ein heimliches Reservedepot? Natürlich hatte er nicht.. Neue Zigaretten müssen her! Aber wann und wie?

"Schön, dass wir vier Tage Urlaub haben", säuselte Isabell. Verdammt, das hatte er vergessen. Vier Tage unter Aufsicht! Das wird die Hölle.

Mittagessen und Kaffetrinken am Neujahrstag bei den Schwiegereltern waren Tradition..Isabell überbrachte die Neuigkeit noch in der Tür. Auch die Schwiegermutter war glücklich. In den Augen des Schwiegervaters brannte tiefes Mitleid. Er hatte es hinter sich.

179-180-181. Martin erinnert sich: Christoph hatte sich kürzlich das Rauchen abgewöhnt und von den Symptomen berichtet: Schlaflosigkeit, beklemmendes Gefühl in der Brust, kalter Schweiß auf der Stirn.. Genauso ging es ihm jetzt. "Ich könnte den Notarzt rufen und einen Herzinfarkt simulieren. Vielleicht ist der verständnisvoller Raucher und gibt mir eine Zigarette", denkt er. "Vergiss es, Isabell würde das Manöver durchschauen" . Die Enge in der Brust wird unerträglich, jetzt ist auch der kalte Schweiß da. Die Gedanken jagen :"Das ist Folter und die ist strafbar . Das halte ich nicht mehr aus". Jetzt muss er handeln: Raus aus dem Bett, leise, Isabell schläft weiter. Er durchsucht alle Taschen , negativ. Sogar die Geldbörse ist weg. "Oh Du niederträchtiges Weib." "Ich muss raus, in Karli`s Kneipe. Die zweihundert Meter schaffe ich ohne Hemd und Hose." denkt er gehetzt. Mantel über den Schlafanzug gestreift , mit bloßen Beinen in die Schuhe. Der nächste Schock!.Karli`s Kneipe ist finster. Heute ab 22 Uhr geschlossen, steht auf dem Schild. "Der hat es auch nicht mehr nötig." Was nun? Die Gedanken jagen durch seinen Kopf. "Die Notaufnahme im Krankenhaus. Bestimmt stehen junge Krankenschwestern vor der Tür und rauchen. Ausgeschlossen. Dort arbeitet der Lungenfuzzy."

Am Ende der Straße ein blaues Licht. Die Polizeiwache." Die müssen helfen", denkt er erleichtert. Die sind ja für Notfälle zuständig." Stolpernd stößt er im Dienstzimmer hervor:" Dies ist ein Notfall, ich brauche eine Zigarette". Der diensthabende Beamte dreht sich um, und Martin erstarrt. Nein! Ausgerechnet dieser karrieregeile, farblose, pickelige Polizist hat Dienst. Er kannte ihn vom Bowling. Missmutig und notgedrungen hatte der mit seinen Kollegen bei Mineralwasser gefeiert. In Schnapslaune verlieh ihm Karlie auf der Nebenbahn den Spitznamen Schwuchteleddy. Natürlich hatte der Polizist den Spott bemerkt und sich wenige Tage später gerächt. Das Radarfoto von Karlies nächtlicher Fahrt stellte er dessen Ehefrau zu. Die Frau auf dem Beifahrersitz neben Karlie war wesentlich jünger und blond. Karlies Frau war stolz auf ihre schwarz gefärbten Haare. .

Martins nächtlichen Überfall und die absurde Bitte nach einer Zigarette registriert der Beamte ohne sichtbare Regung. Mit wasserhellen Glubschaugen fixiert er den Bittsteller, während sein Gehirn bereits am Protokoll arbeitet: "1.1.2014. Notdürftig bekleideter Mann spricht vor und fordert eine Zigarette". Hinter seiner Stirn reift ein teuflischer Plan . Er nimmt einen Autoschlüssel von der Wand und bugsiert Martin in den Streifenwagen. Während der kurzen Fahrt blickt dieser ohnmächtig auf den glatt rasierten Nacken des Polizisten. "Was steht eigentlich auf Polizistenmord?" denkt er An der Haustür angekommen, quetscht sich Martin mit einem gepressten Dank aus dem Auto, den Haustürschlüssel in der Hand. Schwuchteleddy ist schneller und Martins Leiden noch nicht zu Ende . Mit einem triumphierenden Grinsen wünscht der Beamte " Gute Nacht" und drückt lange auf den Klingelknopf.

Während das Licht in Martins Wohnung angeht und sich Isabells Gestalt kurz am Fenster abzeichnet, erzeugt der Druck der erlittenen, wenn auch selbst verschuldeten, Demütigung und der ohnmächtige Zorn eine seltsame Klarheit in Martins Denken. Plötzlich weiß er, was zu tun ist. Martin steigt mechanisch die Treppe empor, passiert mit versteinerter Miene Isabell, die mit einem verständnisvollen Lächeln die Tür aufhält, zieht seinen Mantel aus, nein, er streift ihn ab und lässt ihn demonstrativ fallen. Dann steuert er auf den Tisch im Wohnzimmer zu, greift mit beiden Händen in die Schale mit dem Popkorn, diesem Synonym für die langweiligen Abende vor dem Heimkino. Genussvoll verteilt er die zerbröselten Stücke auf dem Teppich . Auf dem Weg zum Schlafzimmer trifft er wieder auf Isabell. Ihr Lächeln ist gefroren, sie blickt entsetzt. Martin holt das Bettzeug und richtet sich auf der Couch im Wohnzimmer zum Schlafen ein. Wortlos löscht er das Licht und freut sich auf den folgenden Morgen. Eine wunderbare Ruhe und Gelassenheit nimmt ihn ein. Er wird für ein paar Tage zu Elly ziehen. Vielleicht geht er mit ihr morgen Abend in den Roten Ochsen. Ach ja, vorher schickt er noch eine Anzeige ab, anonym, an den Polizeipräsidenten. Gegen Schwuchteleddy wegen Besitz von Kinderpornografie und Drogenmissbrauch. Irgend etwas werden seine schadenfrohen Kollegen schon finden. Und eine Zigarette? " Nein- da will ich jetzt durch, allein und freiwillig", denkt er und schläft friedlich ein..

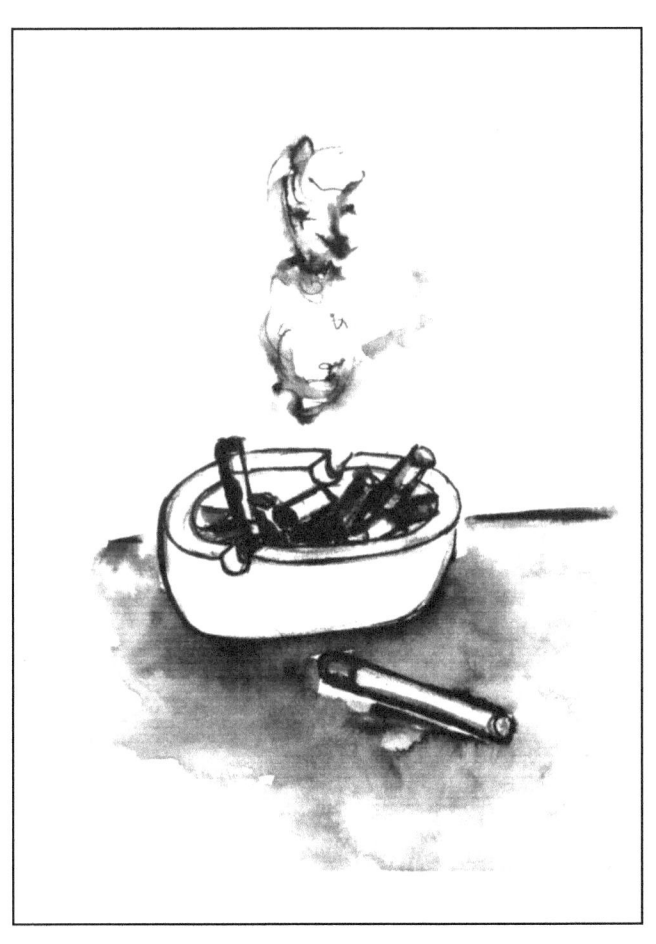

Das Festessen

In der Nacht hat es geregnet und den Staub der vergangenen Tage von Straßen und Pflanzen abgespült. Der Sonntagmorgen begrüßt uns mit Sonnenschein und wolkenlosem Himmel. Vor der Haustür empfängt uns ein Duft aus dem Mix von frisch gemähtem Gras, letzten Blüten und den ersten Pilzen, die Hannelore zum Trocknen ausgebreitet hat. Der Wetterbericht verspricht angenehme Temperaturen. Wir beschließen spontan einen Ausflug nach Radebeul mit einem Bummel durch das alte, liebevoll restaurierte Weindorf Altkötzschenbroda.

Zwischen den Häusern, in den schmalen Gassen und den verträumten Innenhöfen flanieren Spaziergänger. Dazwischen drängeln sich die sportlich gekleideten Radfahrer, die den nahen Elberadweg für einen Bummel verlassen haben. Die kleinen Boutiquen , die Blumen- und Gemüseläden haben geöffnet, es wird geschaut, geprüft, aber nur wenige Besucher kaufen. Die Verkäuferinnen nehmen es gelassen und freundlich.

Die Restaurants sind gut gefüllt, zum Essen ist es aber noch zu früh. Das Wetter und diese inspirierende Atmosphäre inmitten fröhlicher Menschen verleitet uns zum Leichtsinn.

Wir beschließen, zum nahe gelegenen Weingut Schloss Wackerbart zu fahren und dort zu speisen. In dem gehobenen Ambiente des Schlossrestaurants hatten wir im vergangenen Jahr unseren Hochzeitstag gefeiert. Heute gibt es eigentlich keinen Anlass für ein Festessen.

Zu unserer Überraschung sind die Parkplätze am Weingut besetzt, Ordner leiten uns zu einer nahe gelegen Wiese. Das ist ungewöhnlich. Der Anlass ist ein Federweißerfest, für das auf Plakaten und Fahnen geworben wird. Wieder so ein Brauch, der aus den alten Bundesländer zu uns herüber geschwappt ist. Von sächsischem Federweiser haben wir noch nicht gehört, und prompt sehen wir an einem der vielen Stände mit diesem süffigen Getränk den Hinweis, dass Federweiser aus Würtemberg ausgeschenkt wird.

Den Verkaufsshop für die köstlichen und gleichermaßen teuren sächsischen Weine lassen wir links liegen. Unser Ziel ist das Schlossrestaurant. Das Personal hat sich auf den Ansturm erwartungsvoller Gäste eingerichtet und mehrere Tische im Freien aufgestellt, liebevoll gedeckt. Darüber ein Zeltdach, das vor den Sonnenstrahlen schützt und auch keine Furcht vor Regen aufkommen lässt. Wir genießen ein schmackhaftes Menü und eine Flasche Müller-Thurgau, natürlich aus Sachsen.

Auf dem hellen Kiesweg naht ein auffälliges Paar. Er, wir nennen ihn Alfred, Anfang 70 , festlich gekleidet, mit einem altmodischen Anzug und einer passenden Krawatte, steuert mit aufrechtem Gang auf unser Restaurant zu. Der runde Kopf mit einem Haarkranz, Rest einer vergangenen Haarpracht , sitzt auf dem kurzen Hals. Im Gesicht thront eine altmodische runde dunkle Brille. Wir tippen, einer schlechten Gewohnheit folgend, auf Buchhalter im Ruhestand. Sein Gesichtsausdruck verrät frohe Erwartung und auch ein wenig Stolz. Sicher hat er vor geraumer Zeit beschlossen, heute ein Festessen zu genießen, und er ist fest entschlossen, sich mit dieser Idee gegen seine Frau durchzusetzen.

Wir nennen sie Elly. Sie läuft mit trippelnden Schritten zwei Meter hinter ihm. In der rechten Hand schwingt eine braune Handtasche mit dem Charme vergangener Zeiten. Die Ausstrahlung dieser beiden

Rentner kann nicht unterschiedlicher sein. Im Gegensatz zu ihrem Gatten demonstriert Elly strikte Ablehnung, die sie der interessierten Öffentlichkeit durch den auffälligen Abstand zu Alfred und einen missmutigen Gesichtsausdruck zeigt. Außer uns nimmt aber keiner der Gäste Notiz von dem offensichtlichen Konflikt der Beiden. Sicher wollte sie zu Hause bleiben, die Blumen im Garten pflegen und ein Mittagessen nach eigenem Rezept auf den Tisch bringen. Wein, fremdartige Vorspeisen, eine Speisekarte, die sie nicht versteht, und die Atmosphäre eines Gourmetrestaurants sind ihr fremd. Trotzdem kann sie ihre Neugierde nicht verbergen. Der Kopf bewegt sich ständig nach allen Seiten, wobei der Knoten wippt, mit dem sie ihre vollen grauen Haare gebändigt hat,. Die Augen scannen die Umgebung und folgen dem Instinkt, der schon die Frauen der Neandertaler zwang, die heimische Höhle ständig nach Gefahren abzusuchen.

    Alfred wählt einen Tisch in unserer Nähe, will sich als galanter Mann beweisen und schiebt ihr den Stuhl zurecht. Elly quittiert diese Geste mit einem spöttischen, fast höhnischen Lächeln.

    Nahezu geräuschlos ist der schwarz gekleidete Ober an den Tisch getreten, hat Alfred die große Speisekarte aufgeschlagen und dabei gefragt

"Darf es schon etwas an Getränken sein?". Die Speisekarte, die er Elly reicht, wird ihm ungeöffnet aus der Hand genommen und demonstrativ abgelegt. Ihre Aufmerksamkeit wird von einem Vorgang außerhalb des Zeltes gefesselt.

" Für mich bitte zuerst ein Wasser" sagt Alfred mit weltmännischem Tonfall. " Perrier, oder Appolinaris?" Alfred stutzt und entscheidet verunsichert :" Eines von hier, aus Sachsen". "Classic, Still oder Medium?" Jetzt ist Alfred verwirrt. "Wie bitte?" "Mit Gas oder ohne?" Der Kellner lächelt verständnisvoll. "Mit".

"Und die Dame?" Die Frage erreicht Elly nicht . Noch immer wendet sie den Blick angestrengt nach rechts. Der Kellner wartet kurz und verschwindet wieder. Alfred vertieft sich in die Speisekarte und vermeidet den Blickkontakt zu seiner Frau, sichtlich bemüht, einen Streit zu vermeiden.

" Das ist ja nicht zu fassen" stößt Elly hervor." So eine Schlamperei!" Nun bemerken wir auch, was Elly so interessiert. Die Tische unter dem Zeltdach sind inzwischen mit fröhlichen Gästen besetzt, und der Restaurantleiter hat außerhalb vier Stehtische aufstellen lassen, bedeckt mit einem weißen Tischtuch. Das gehört zum Ambiente dieser Gaststätte. Mit diesem Tischtuch spielt der Wind, der sich inzwischen aufgemacht hat. Immer wieder fährt ein Windstoß darunter, schlägt die Ecken hoch und verletzt damit Ellys Ordnungssinn .

" Siehst Du etwa Jemanden vom Personal, der sich um den Tisch da draußen kümmert?" Alfred schweigt. Der Kellner hat inzwischen das Mineralwasser auf den Tisch gestellt und sich wieder entfernt. " Wieso hast Du bereits zu trinken und ich nicht?" fragt sie aufgebracht. "Wenn Du etwas bestellt hättest, anstatt in der Gegend herum zu schauen, dann hättest Du auch ein Glas." Den Spott hätte sich Alfred verkneifen sollen, denn nun kommt Elly in Fahrt. "Das ist typisch" wettert sie zum Vergnügen der Gäste, "Du denkst nur an Dich und bist zu feige für eine Beanstandung". Das Paar wird inzwischen auch von anderen Gästen amüsiert beobachtet. "Du hast nur Gedanken für Dich, Du Egoist, und die Unordnung hier ist Dir egal." " Haben Sie gewählt?" fragt der Kellner mit sonorer Stimme. Bissige Gegenfrage: " Sehen Sie nicht, dass die Tischdecke dort drüben bald vom Tisch geweht wird?" " Ja", sagt der Kellner unbewegt, "dann werde ich sie aufheben". Er schwebt zum nächsten Gast.

"Das ist doch die Höhe" schimpft Elly, "der wartet, bis das Tischtuch im Dreck liegt." "Siehst

Du," schreit sie kurz danach und springt auf. Das Tischtuch liegt am Boden. Sie hebt es demonstrativ auf und deckt den Tisch wieder.

" Das wollte ich gerade tun" sagt der Kellner ruhig. "Und warum haben Sie es nicht getan?" giftet die aufgeregte Frau. " Weil Sie schneller waren".

"Warum sagst Du nichts?" Alfred vertieft sich weiter wortlos in die Speisekarte, sichtlich genervt. Zum Widerstand reicht seine Kraft nicht.

Das Spiel, Tischdecke vom Wind auf den Boden geweht, von Elly wieder aufgehoben, wiederholt sich noch zwei Mal, bis der Kellner mit ruhigen Handgriffen das Tuch zusammenlegt und zurück in die Küche bringt. " Warum nicht gleich so" knurrt Elly Alfred an, der während der letzten Minuten verängstigt am Tisch saß, den runden Kopf zwischen die Schultern gezogen, das Gesicht in der Speisekarte versteckt.

Jetzt vollzieht sich mit Elly ein interessanter Wandel. Sie richtet sich auf. Ihre Gesichtszüge entspannen sich, ein fast triumphierendes Lächeln erscheint und sie wirkt sympathisch. Der Sieg, den sie soeben errungen hat, macht sie stolz.

Sie nimmt die Speisekarte, schaut kurz hinein und ruft dem Kellner laut und deutlich zu: " Darf ich nun endlich bestellen?"

Die Befreiung aus dem Paradies

Den Frauen haftet seit Menschengedenken der Makel von Sünde an. Ungehorsam, mangelnde Zuverlässigkeit und Missachtung des göttlichen Willens gelten seit der Schöpfung als typisch weibliche Schwäche. Ist das gerecht? In Wirklichkeit haben wir der Stammmutter Eva die wichtigste Entscheidung der Menschheitsgeschichte zu danken, die Befreiung aus dem Paradies. Dieser Ort mit der perfekten Vollkommenheit ließ den Menschen keine eigenen Entscheidungen. Alles war perfekt und vorbestimmt. Fehler, Missverständnisse und Missgeschicke waren durch die göttliche Vorsehung ausgeschlossen. Wie sollten sich unter diesen Umständen freie, denkende Menschen entwickeln? Selbst für das Lachen fehlten die wichtigsten Voraussetzungen- Missverständnisse und Missgeschicke.

Lachen gehörte offensichtlich nicht zum göttlichen Plan der Schöpfung. Der Mensch sollte nach Gottes Willen in einer perfekten Welt leben und keine eigenen Entscheidungen fällen . Wie sollte er da Fehler machen und aus diesen lernen? Wie sollte er Erfahrungen sammeln? Wie sollten da Missverständnisse oder Missgeschicke entstehen?

Lassen Sie uns die Schöpfungsgeschichte kritisch und mit einem Augenzwinkern hinterfragen.

Gott hatte das Chaos satt. Er krempelte die Ärmel hoch und schuf in der unglaublich kurzen Zeit von fünf Werktagen Sonne, Mond, Himmel, Erde, Wasser, Luft, Fische ,Vögel, Blumen- eine perfekte Umwelt . Er nannte sie Paradies. Aber wer sollte es bewundern? Gott plagte der Ehrgeiz. Er wollte noch etwas Besonderes schaffen-eine Art kleinen Gott ohne Befugnisse, der seine Werke immerdar bewundert und lobpreist. So nahm er am 6.Tag etwas seltene Erden, vielleicht war es auch nur billiger Lehm, knetete daran herum, blies den göttlichen Atem ein, und da stand er in seiner ganzen Pracht: Der erste Mensch-natürlich ein Mann. Jetzt war Gott zufrieden und nahm sich eine Auszeit. Aber nach einigen Tagen sah er Adam durch das Paradies schlurfen, unrasiert, ungekämmt, mit leerem Blick , und wenn er nicht gerade nackt gewesen wäre, hätte er Löcher in den Socken gehabt. Gott sah, dass er nachbessern muss und sprach:

Es ist nicht gut, dass der Mensch allein sei. Ich will ihm eine Gehilfin machen, die um ihn sei.(Mose1,Kap.2,Vers 18)

Das also war der göttliche Plan für die Frau. Gehilfin des Mannes sollte sie sein und um ihn, nicht über ihm und immer mit respektvollem Abstand. Eine frühere Übersetzung der Bibel hatte sogar das Wort Gefährtin verwendet. Noch schlimmer, denn das Wort kommt von "Gefahr" .Und noch eine Einschränkung plante Gott! Lehm kneten und göttlicher Atem waren nicht mehr vorgesehen. Wozu auch! Das Wunderwerk war ja vollendet. Die Frau sollte lediglich ein Absenker vom Mann, oder im wissenschaftlichen Verständnis von heute ein Klon werden . Da entspann sich folgender Dialog.

> Gott: " Mein Sohn, ich will Dir eine Frau schaffen."
> Adam: " Au fein , das ist super."
> Gott: " Ich brauche dafür ein Stück von Dir, sagen wir ein Bein."
> Adam: " Ach nein, eigentlich brauche ich keine Frau."

Sie einigten sich auf eine Rippe. Das Risiko war überschaubar. Falls das Experiment mit der Frau schief gehen sollte , blieben Adam noch ausreichend Rippen zum Überleben. Und so geschah es: Gott entnahm eine Rippe und formte daraus Eva, die erste Frau. Es gibt durchaus schwache wissenschaftliche Beweise für diesen unglaublichen Vorgang. Die Sucht der Frauen nach einem schlanken Körper ist der genetisch bedingte Wunsch, sich zurück zu entwickeln in die Rippe. Und manche Männer berichten, dass sie nach einem deftigen Ehestreit ein ziehender Schmerz unter dem Rippenbogen plagt. Die Wissenschaft vermutet dahinter das Unterbewusstsein, das fleht:" Gott, gib mir meine Rippe und nimm meine Frau zurück".

Aber nun war Eva da und das Werk vollendet.. Adam und Eva liefen durch das Paradies, sahen sich tief in die Augen, küssten und erfreuten sich an den Blumen, Schmetterlingen und dem blauen Himmel. Und sie turtelten, hatten Augenkontakt , Kuss, Schmetterlings- und Blumenfreude. Turteln, Schauen, Küssen und so weiter, Tag für Tag. Nach sechs Wochen wurde Eva depressiv. Das konnte doch nicht Alles gewesen sein. Na gut, einmal in der Woche Sex war auch im Programm, aber immer mit demselben Mann? Da war ja nicht einmal Einer zum Flirten, mit dem man Adam eifersüchtig machen konnte.

In dieser Gemütslage traf sie Frau Schlange.

Die gab ihr unter dem Apfelbaum zwei wichtige Tipps: Sie sprach: "Gegen Depressionen dieser Art helfen nur Äpfel. Nicht Jonagold oder Gelber Köstlicher, nein, es müssen schon Äpfel vom Baum der Erkenntnis sein. Das ist zwar verboten-aber ohne Risiko kein Vergnügen. Das Pflücken überlasse Adam . Wozu hast Du einen Ehemann für die groben und gefährlichen Arbeiten." Eva fällte die Entscheidung auf typisch weibliche Art. Sie nutzte die Chance und überließ das Risiko ihrem Mann. Das Ende kennen wir: Der Apfel wurde gepflückt. Eva entdeckte, dass sie nackt war und ein schickes Feigenblatt ihren Marktwert erhöht. Der Rauswurf aus dem Paradies folgte. Gott schickte den Beiden noch ein paar fromme Wünsche nach. Zu Adam : "Im Schweiße Deines Angesichts sollst Du Dein Brot essen", was heißt: Vor dem Essen kommt die Arbeit und das Schwitzen. Diese Weisheit wurde von mehreren Politikern aufgegriffen (Apostel Paulus, Adolf Hitler) und sogar in die sowjetischen Verfassung aufgenommen ("Wer nicht arbeitet, soll auch nicht essen"). Und zu Eva sprach Gott: "Unter Schmerzen sollst Du Kinder gebären" , was heißt:" Liebe ist schön, aber Kinder gebären tut weh. "

    Nun waren Adam und Eva in der rauen Wirklichkeit angekommen . Sie durften ihr Leben